有余拾趣

张有余 著

山东画报出版社

济南

图书在版编目（CIP）数据

有余拾趣 / 张有余著.—济南：山东画报出版社，
2024.3

ISBN 978-7-5474-4665-2

Ⅰ.①有… Ⅱ.①张… Ⅲ.①诗集—中国—当代
Ⅳ.①I227

中国国家版本馆CIP数据核字（2024）第040352号

YOUYU SHIQU
有余拾趣
张有余　著

责任编辑　陈先云
装帧设计　王　芳　丁文婧

主管单位　山东出版传媒股份有限公司
出版发行　山东画报出版社
　　　　　社　　址　济南市市中区舜耕路517号　　邮编 250003
　　　　　电　　话　总编室（0531）82098472
　　　　　　　　　　市场部（0531）82098479
　　　　　网　　址　http://www.hbcbs.com.cn
　　　　　电子信箱　hbcb@sdpress.com.cn
印　　刷　山东星海彩印有限公司
规　　格　148毫米×210毫米　32开
　　　　　8.25印张　150千字
版　　次　2024年3月第1版
印　　次　2024年3月第1次印刷
书　　号　ISBN 978-7-5474-4665-2
定　　价　68.00元

如有印装质量问题，请与出版社总编室联系更换。

序

张有余先生，二十世纪八十年代参加高考，毕业后从事金融工作多年。见证了我国金融业的改革开放和大发展，为中国金融业的发展做出了力所能及的贡献。发表过关于金融、固定资产投资及经济改革的文章，有的被中国人民大学作为经济类文章索引。主编了《商业银行革命》《基本建设会计核算图解》书籍。参与编写了经济、财政金融、会计等书刊。工作之余尤其喜欢我国传统文化，更是古诗词的爱好者。

览华夏文化，诵千年诗书。中华文化在几千年血脉相传的过程中经历了一次又一次的创新，从语言的发展，到风俗的转变，如今的中华文化既是无数祖先们智慧的结晶，也是创新发展与时俱进的结果。而诗便是现代生活与古典文化相结合成的较"接地气"的一种文学表达方式，有传承，也有创新。通过此书，你将能以此独特的方式了解到一位银行行长、金融专家、书刊作者所观察到的世间百味。

张伯均

目录

上篇 古体诗

003/ 永　续

003/ 心闲自得

004/ 游　秋

004/ 山中访友

005/ 故　乡

005/ 秋　思

006/ 秋（一）

006/ 秋（二）

007/ 樵　夫

007/ 秋

008/ 冬　日

008/ 立　冬

009/ 山　居

009/ 人生有感

010/ 梦

010/ 柿子树

011/ 晚　樱

011/ 随　想

012/ 山　村

014/ 访　友

014/ 冬　至

015/ 观天气有感

015/ 登山有感

016/ 爷　孙

016/ 有　感

017/ 踏雪寻酒

017/ 围炉夜话

018/ 山居图

018/ 大　雪

019/ 香　兰

019/ 兰　香

020/ 樱　树

020/ 晨起看景

021/ 有　感

021/ 登　高

022/ 归　来

022/ 赞三叶草

023/ 梅雪迎春

023/ 又见茶花

024/ 忆

024/ 送瘟神

025/ 无　题

025/ 抚弦送秋鸿

026/ 冬　雪

026/ 大雪景乐图

027/ 小　雪

027/ 玉兰花

028/ 雪景图

028/ 季节与人生

029/ 渔　樵

029/ 钓　翁

030/ 秋月夜

030/ 怜枫叶

031/ 觅　食

031/ 从　容

032/ 枕　上

032/ 梦庄公

033/ 无　题

033/ 无　题

034/ 看　客

034/ 红　梅

035/ 深秋樱叶赞

035/ 咏　梅

036/ 雪莲花

036/ 咏　梅

037/ 花前寄语

037/ 咏　梅

038/ 小　景

038/ 送客行

039/ 学写诗有乐

039/ 读杂书无绪言之

040/ 读杂书有乐

041/ 我爱陆放翁

041/ 秋　景

042/ 放歌天地间

042/ 过　客

043/ 庄公梦

043/ 黄河赞

044/ 昆仑落日

044/ 峨眉山观雪

045/ 峨眉秀色

045/ 泰山颂

046/ 冬夜思

046/ 惊 梦

047/ 访 友

047/ 看长江流水而感叹

048/ 晨起看梅

048/ 佑苍生

049/ 写 诗

049/ 国泰民安

050/ 近 邻

050/ 感 悟

051/ 忘 岁

051/ 道

052/ 回 望

052/ 性 真

053/ 乐在天地间

053/ 不自恃

054/ 梦

054/ 贾 岛

055/ 安时处顺

055/ 释 然

056/ 当今鲁侯

056/ 本 真

057/ 明镜台

057/ 中国哲学

058/ 复归自然

058/ 自 真

059/ 留 香

059/ 寄 语

060/ 游于山水间

060/ 虚 怀

061/ 游 心

061/ 八乡九寨

062/ 晨 醒

062/ 小 年

063/ 客居山中

064/ 孟夫子

064/ 玉兔呈祥

065/ 回　望

065/ 翁童夜话

066/ 因　缘

066/ 井底之蛙

067/ 学　农

068/ 除　夕

068/ 静待花开

069/ 新　岁

069/ 送虎迎兔

070/ 心满意足

070/ 早莺新语

071/ 象和四时

071/ 迎　春

072/ 夜　深

072/ 喜迎春

073/ 于成龙

073/ 农　家

074/ 文　道

074/ 一阳初始

075/ 随　笔

075/ 梅雨天

076/ 感　悟

076/ 端午有感

077/ 新儿童

077/ "六一"有感

078/ 初夏一景

078/ 初夏又景

079/ 无　题

079/ 无　题

080/ 与君同饮

080/ 友人山水间

081/ 游子吟

081/ 归田园居

082/ 无　题

082/ 飘　香

083/ 寻梅迎春

084/ 雪天泛舟

084/ 雪中茶梅

085/ 问　莲

085/ 秋

086/ 迎春来

086/ 庭院观鸟

087/ 山居画卷

087/ 随　笔

088/ 雨后茶梅

088/ 冬雪夜

089/ 雨后有感

089/ 四月有感

090/ 元夕夜话

090/ 问　春

091/ 何处不春风

091/ 写　春

092/ 春　光

092/ 咏　春

093/ 元夕君与我

093/ 喜　讯

094/ 元宵趵突泉游园

094/ 喜　讯

095/ 寻　春

095/ 奇　景

096/ 泉城风光

096/ 其乐融融

097/ 赏　月

097/ 煮　酒

098/ 司马迁

099/ 中医传承之赞中医

100/ 谈汉"独尊儒术"之患

100/ 读　书

101/ 忆王安石

103/ 成语说宋朝

104/ 辛弃疾

104/ 千佛山春色

105/ 座上宾

105/ 春 韭

106/ 枇 杷

106/ 樱 桃

107/ 梅 香

107/ 大明湖畔

108/ 济南情思

108/ 桃花园

109/ 桃花源

109/ 桃源深处

110/ 溪亭春晚

110/ 春 暖

111/ 钟南问道

111/ 春 分

112/ 海 棠

112/ 春 雨

113/ 无 题

113/ 初美人樱

114/ 桂 花

114/ 海 瑞

115/ 月下情

115/ 至 道

116/ 追思先贤

116/ 耕 读

117/ 成语故事说大明

119/ 颂先贤

120/ 读诗有感

121/ 自 语

121/ 分水岭

122/ 英雄神仙

122/ 再说张良

123/ 说萧何

124/ 闲说韩信

124/ 有梦人不醒

125/ 忆赤壁

125/ 瓜　州

126/ 咏曲靖

126/ 山中悟道

127/ 春风细雨

127/ 塞北风光

128/ 萤火虫

128/ 春　色

129/ 春　色

129/ 王阳明

130/ 美人樱

130/ 荷塘月色

131/ 相　见

131/ 客　居

132/ 乡　野

132/ 山　居

133/ 清　明

134/ 春　笋

135/ 烟雨新安江

135/ 富春江

136/ 千岛湖夜色

136/ 泛舟湖上

137/ 梅　雨

137/ 人性善恶

138/ 读书偶感

139/ 随　想

139/ 访　友

140/ 茅舍言雪

140/ 觅　影

141/ 自嘲写诗

141/ 樱叶人生

142/ 真　情

142/ 万象皆荣

143/ 清静世界

144/ 处顺安然

145/ 自　嘲

147/ 落 花

147/ 仲 夏

148/ 镜里花

149/ 山村美

149/ 江 雪

150/ 小村之夜

150/ 问

151/ 邀月赏花思友人

151/ 晨景如画

152/ 寻梅遇友

152/ 高 估

153/ 家 乡

中篇　词

157/ 满庭芳·迎新抒怀

157/ 苏幕遮·观云亭山有感

158/ 天净沙·秋

158/ 长相思·秋游

159/ 捣练子·一叶知秋

159/ 一剪梅·送秋

160/ 蝶恋花·友人

160/ 如梦令·望星空

161/ 定风波·秋日抒怀

161/ 醉花阴·望月

162/ 踏莎行·村景

162/ 清平乐·老槐树

163/ 阮郎归·赏梅

163/ 南乡子·登高有感

164/ 念奴娇·秋雨有感

164/ 定风波·人生随想

165/ 临江仙·念秋感言

165/ 木兰花慢·忘年

166/ 一剪梅·愧秋

166/ 殿前欢·仙翁

167/ 折桂令·无他

167/ 捣练子·江上行

168/ 捣练子·放风筝

168/ 沉醉东风·邀月

169/ 采桑子·童画世界

169/ 蝶恋花·咏梅雪难

170/ 菩萨蛮·枫叶赞

170/ 满江红·踏雪寻梅正

当时

171/ 卜算子·红梅迎春

171/ 贺新郎·学陶翁有感

172/ 天净沙·读李清照生

涯有感

172/ 一萼红·春游蓬莱访

八仙

173/ 如梦令·游湖趣文

173/ 长相思·归鸿

174/ 蝶恋花·春回大地

174/ 蝶恋花·观天鹅有感

175/ 蝶恋花·随想

175/ 蝶恋花·同学情深

176/ 蝶恋花·咏李

176/ 蝶恋花·雨中观茶梅

177/ 长命女·秋日宴

177/ 蝶恋花·再出发

178/ 蝶恋花·探春

178/ 蝶恋花·元夕

179/ 木兰花·新春寄语

179/ 望江南·诗文品自高

180/ 汉宫春·春思

180/ 一剪梅·好年景

181/ 清平乐·忆东坡

181/ 点绛唇·忆东坡

182/ 清平乐·海南风光

182/ 小重山·春意浓

183/ 一剪梅·江南山村

183/ 清平乐·美图

184/ 清平乐·四时春色

184/ 清平乐·天涯海角

185/ 南歌子·忆徐霞客

185/ 蝶恋花·新燕新语迎

春潮

186/ 卜算子·山中

186/ 中吕·何必执于功名

187/ 临江仙·思远人

187/ 清平乐·东坡菜

188/ 摸鱼儿·心有真情人

欢愉

188/ 桂枝香·忆王安石变法

189/ 蝶恋花·蓝莓

189/ 双调·数星星

190/ 山坡羊·抒怀

190/ 节节高·叙有情

191/ 绿幺遍·耕耘

191/ 桂枝香·说"汉初三

杰"之一张良

192/ 御街行·兄弟情深

192/ 鹧鸪天·千岛湖春色

193/ 卜算子·迎春

193/ 寿阳春·兴起

194/ 天仙子·忆清照

下篇　现代诗

197/ 天　籁

198/ 晚　霞

199/ 冬日暖阳

200/ 友谊颂

202/ 心里话（一）

203/ 心里话（二）

204/ 伫立桥头（一）

205/ 伫立桥头（二）

206/ 夜　空

207/ 晨曦的钟声

208/ 冬日里的江南风光

210/ 晨　风

212/ 看清楚自己

213/ 我赞青山

215/ 行路者

216/ 母亲节抒怀

217/ 看北斗星有感

218/ 麦浪有感

219/ 拥抱第一缕阳光

220/ 引航星

221/ 诗和远方

223/ 有感于昨天雨今天晴

224/ 梦醉间

225/ 读尼采有感

227/ 行走在自然中

229/ 幻想与现实

230/ 舞蹈人生

231/ 问春有感

233/ 花　语

235/ 山间闲话

236/ 心中的花田

237/ 远　方

238/ 独处者

239/ 青春印记

240/ 秋　景

240/ 随　想

241/ 有感麦浪

242/ 休变电脑

243/ 童　趣

244/ 平安千年

245/ 迎　春

246/ 雪景情思

上篇 古体诗

永 续

东风识得天地气，万物苏醒春之意。
一芽复出天下动，生生不息至永续。

心闲自得

梅自飘香天犹寒，喜鹊三声破晓天。
三两星闪垂天际，人闲心阔有诗篇。

游　秋

轻歌一曲泛舟行，远山叶红秋正浓。

斜阳入怀天色晚，抚弦畅饮与秋同。

山中访友

云涧枫林晚，今日大不同。

溪水清如许，鱼儿戏渔翁。

鸟鸣山林入，霞染天际红。

酒醉不知路，只言在山中。

故　乡

晚霞尽染枫叶，牧童横笛声扬。

袅袅炊烟升起，飘来淡淡酒香。

倘若友人一聚，饮上三碗何妨。

醉里梦卧花间，此处是吾故乡。

秋　思

红衣罗裙上西楼，斜倚楼栏独自忧。

鸿雁归来无书信，望断天涯泪欲流。

残阳西下无留意，凉风习习已知秋。

衣单身薄君安在？柔肠寸断为谁愁！

秋（一）

山空水清枫叶黄，斜阳入轩锦帘上，
茶香友人兴未尽，不觉已是秋意长。

秋（二）

陌上菊花初见黄，枫叶欲燃迎霞光。
画匠难写秋色美，只说人间是天堂。

樵　夫

山中多几日，负重山涧行。
斜阳入林去，染尽秋色浓。
溪水淙淙流，鸟儿时时鸣。
天晚将欲归，童子道上迎。
见时会心笑，不言心自明。

秋

世人谓秋却悲秋，我道秋日占鳌头。
五颜六色写画卷，丹青高手也犯忧。
如若没有秋收果，哪来冬春无忧愁。
秋意微凉好入梦，正是一年好时候。

冬 日

山村寂静自萧然，树高寒鸦炊烟暖。
室外天低将欲雪，酌杯老酒数寒天。

立 冬

北风潜入悄无声，万物萧然已立冬。
落叶成阵雁归去，品茶论古数人生。

山　居

东篱扶桑麻，南院种豆瓜。

河西落红叶，茅舍北山下。

闲休了无事，读书琴棋画。

偶有客来访，品茗论年华。

老酒酌几杯，不识鹊和鸦。

人生有感

又到西风起，满庭数金黄。

一切原自然，落生皆如常。

四季有轮复，往来不同样。

人生亦如此，慢些赏时光。

梦

偶在子时梦中行，丛林深处看流萤。
忽闻倦鸟惊恐起，流萤飞了梦亦醒。

柿子树

叶落成众碾做泥，硕果金黄挂满枝，
鸟儿常是座上客，秋韵一幅入画里。

晚　樱

雍容华贵数晚樱，花开时节扮山城。
风姿多彩枝头满，俨然少妇一尊容。

随　想

窗外斜阳枝头上，红绿黄橙各呈祥。
若无闲事挂心头，便是人生好时光。

山　村

（一）

山村房舍染霜尘，池塘枯荷残叶存。
树高寒鸦有去意，瑟瑟西风入山林。

（二）

老媪裁剪自高品，少年劈柴东舍存。
柴丰衣足过冬日，炉边酌酒待红梅。

（三）

几处篱落淡烟中，夕阳晚照柿子红。
数只野鸟来做客，喜了童儿忙了翁。

（四）

淡烟茅舍山村静，野鸟相呼柿子红。
儿童放学归来早，残荷池塘戏钓翁。

（五）

篱笆炊烟晚霞红，池塘垂钓一老翁。
嬉戏儿童池边过，吓走鱼儿惊了翁。

（六）

谁家茅舍起炊烟，斜阳若影竹林间。

老媪织衣房檐下，翁童棋盘对阵酣。

访　友

秋意阑珊风微凉，蓝天白云红绿黄。

且入山涧寻古意，农家茅舍叠斜阳。

品茗闻道说今昔，红袖添香论四方。

炊烟袅袅牧童归，意犹未尽星初上。

冬　至

万物萧然已入冬，虫匿鸟藏寂无声；

季节轮复天地气，岂知新生育枯中。

观天气有感

北疆飘雪南国春，四季为何同时存？
天地之气有大化，一语惊醒梦中人。

登山有感

山底飘雪山上春，四季分明一山存。
若问此中何因由，天地大化惊俗尘。

爷　孙

深秋古巷里，寒鸦老梧桐。

翁童夕阳下，相伴数寒冬。

有　感

春品绿芽秋尝果，夏寻百瓜冬踏雪。

如若因时随势变，神仙也做凡间客。

踏雪寻酒

雪中红梅冷画屏，踏雪独行一老翁。
借问长者何处去？只为酌酒两三盅。

围炉夜话

窗外飘雪窗内炉，梅花开放寒岩处。
三五老友围炉坐，不觉已是鸡啼时。

山居图

山村入画里，溪水清澈明。
鱼儿游自乐，野鸭水里行。
村前槐树下，农人歌升平。
袅袅炊烟起，又见晚霞红。

大　雪

寒气袭人醒，竹响耳有闻。
起身点火炉，木炭昨燃尽。
欲到院中取，雪大已封门。
阿黄来帮忙，侧着才出身。
取回木炭来，俨然一雪人。

香　兰

空山出静水，谷深笑香兰。
无需颜色多，翠绿惊俗艳。

兰　香

山涧枫林喜鹊叫，花草丛中蜂蝶笑。
空山凝云无人语，谷深幽兰香正潮。

樱　树

春来花开早莺啼，落红如雨化作泥。
新绿又添枝头上，橙黄挂在秋韵里。

晨起看景

晨起推窗看画屏，枝上红叶分外红。
因雨洗去叶上尘，还是朝霞映叶中。

有　感

千古名利多难辩，浮沉只在一念间。
除去浮沉三千恼，清静人生自悄然。

登　高

晨起登高处，浮云荡山涧。
旭日初升起，翠鸟飞又还。
数峰竞相秀，朝霞彩云间。
忽见炊烟起，饥肠辘辘连。

归　来

万里江山入画卷，一村梧桐一村烟。

驱车且行山涧道，不觉已是星河满。

归来敲门无人语，童子深睡鼾声连。

心清气静檐下坐，醒来日已上三杆。

赞三叶草

　　院子有一棵像小树一样的花，花开四季，但很长时间叫不出名字，查了后才知名叫三叶草，是一味中药。

　　三叶草，九叶花。

　　金盒银展群芳压。

　　花开四季常微笑，

　　只叹出生在俗家。

梅雪迎春

鹊叫三声有惊奇，琼花悠然轻慢迟。

偶有梅香飘过来，正是梅雪写春时。

又见茶花

天净月华星稀，阑珊灯光无意。

影下飞鸿一点，正是茶花开时。

忆

清溪水浅绕村流，菊黄藤缠琉影秀。

老媪老翁树下坐，坦然相视心自悠。

忆起村前老槐树，老媪欲说还含羞。

三两儿童嬉戏来，悄然无语话自留。

逗得老翁哈哈笑，笑声琅然荡村头。

送瘟神

晨起窗外鹊声连，方知瘟神已走远。

民间锣鼓喧天响，街头巷尾呼平安。

无　题

本就世间一凡尘，是非由来皆有因。
对错原自个中理，无须劳神去辨认。
何不做个山间客，一觉醒来是清晨。

抚弦送秋鸿

万物随节动，秋水一望中。
芦苇飘飞雪，荷摇情自浓。
霞映岸边柳，湖心泛舟行。
抚弦歌一曲，举杯送秋鸿。

冬　雪

冬日初雪夜，竹园小院灯。

红炉煮老酒，吟诗颂人生。

大雪景乐图

风吹鹅毛满天舞，高卷帘锦看玉树。

红梅青竹随意挂，天设地造图一幅。

小　雪

天低树高鸟藏林，六叶梅花挂帘锦。
风吹帘隙卷雪来，竟是小雪入了门。

玉兰花

叶肥花洁数玉兰，开时宛若仙下凡。
晨曦迎日展芳姿，天净月华半入眠。

雪景图

风吹鹅毛漠漠舞，琼花伴梅数芽出。

天上玉童横笛吹，九州银色笼万户。

季节与人生

天地有大化，季节各不同。

人生亦如此，浮沉变化中。

因应节气理，方寸有人生。

起落皆复常，万变不离宗。

渔　樵

千里江畔万家灯，白发渔樵江上行。
皑皑白雪映白发，鹤发隐在白雪中。

钓　翁

雪大千树翁，江畔万家灯。
天晚人行少，钓翁独钓中。

秋月夜

清溪绕村流，月净一色秋。

红尘隔不断，相思两相愁。

怜枫叶

都说落叶复归根，落时宛若残淡云。

欲哭无泪无人诉，不知来年何时春。

今日去时有留意，枝叶摇呼故情深。

他日若有西风至，尽吹浮华化作尘。

觅　食

连日冬雨天暮沉，万物寂寥忧自存。

鸟儿腹空巢穴里，凄凄几声愁煞人。

从　容

半醒半醉半入梦，伴山伴水伴霞红。

且行且乐且从容，品书品茶品人生。

枕　上

长更枕上情自哀，轩辕无计疫情来。
冬雨数日天寒凉，故放核酸高阁台。

梦庄公

闲来榻上眯睡眼，半醉半醒入梦间。
梦里庄公嬉戏出，只顾逍遥不答言。

无　题

连续数日雨天，今天偶有阳光，写下一首感言。

天公今日雨休停，还抱琵琶遮颜容。

偶露真容阳光澈，万物畅然自澄清。

无　题

晨起万里无云，心中畅然，赋诗一首赞之。

云去雾散山谷静，万里无云醉晴空。

一行白鹭排排队，便引诗歌碧霄中。

看　客

一生三万六千天，好坏常在心上念。
有时因此生闲气，愁容锁眉心自烦。
对错皆因个中理，神仙公堂辨亦难。
万物之旅皆过客，何不袖手闲处看。

红　梅

长更不复眠，卷帘窗外看。
天上下鹅毛，红梅身挂满。

深秋樱叶赞

一树出千色，色色亦天然。
摇曳夕阳下，足可震画坛。

咏　梅

苍劲古枝悬崖上，一花怒放天地香。
千古文人费笔墨，万千痴者雪中赏。

雪莲花

天山月映天山雪，银光闪闪波连波。
冰清玉洁数雪莲，神山仙葩都奇绝。

咏　梅

疏影横斜月华清，暗香飘处花有容。
月色雪景两相和，一缕诗心笔上涌。

花前寄语

好花似故友，相视无语闻。
蝶在花中舞，引我相思心。
相处时不多，温润又乐人，
坦荡于胸怀，真诚高风枕。
至今犹难忘，寄语捎情深，
花信亦传情，见花如见人。

咏　梅

雪花做吾友，月光做吾朋。
远离尘俗事，峭壁自朗清。

小　景

清风徐徐来，花舞蝶徘徊，
疏影亦摇曳，方寸最可爱。

送客行

漠漠雪花锁梅容，夜深天净送客行。
小童挑灯道上走，灯逊银色好几成。

学写诗有乐

常做写诗梦，梦里拜陶潜。

行好拜师礼，渊明坐上面。

读诗几十首，熟记两三篇。

偶尔诗兴起，先访三五言。

访后心自悦，自认成陶潜。

读来无韵律，笨拙不能言。

嫣然常一笑，又复入梦间。

读杂书无绪言之

杂书十几本，随意桌上堆。

闲来打开卷，各读一二回。

人言不甚解，我自随心为。

读书本自娱，没有一矩规。

读到惬意处，心悦如神会。

一来十几年，无矩也成规。

读杂书有乐

杂书几十本，闲时随意翻。

常有妙言出，捧腹喜笑颜。

方寸有大小，学问亦不凡。

上天又入地，东西南北谈。

常此亦为乐，心也想当然。

想大鹏展翅，思龙宫游探。

昆仑山看雪，蓬莱阁做仙。

喜渔翁垂钓，乐樵夫上山。

山中慢煮茶，茅舍饮酒欢。

忽闻钟声响，还坐书桌前。

一回庄公梦，快活似神仙。

我爱陆放翁

八十六叟一放翁，铁马冰河立战功。
归隐世间做访客，饮酒放歌写人生。
敲门赊酒常酣醉，满院新诗竹上涌。
放翁写诗常饮酒，饮酒乐在荷塘中。
一叶扁舟随风去，除却浮尘放歌声。
心地坦然无他事，写诗三千不为名。
不为铜臭落其笔，一醉名利远山中。
安贫守道且自乐，人间神仙一放翁。

秋　景

山上茅舍两三间，门前溪流水清浅。
东篱菊花蝶常客，小童追蝶飞满天。
手舞足蹈笑颜开，夕阳截景图里边。

放歌天地间

天地有大道，四时各纷呈。

人也复如此，幼少青中翁。

四时常复转，人老不返童。

彭祖几百年，终当归无空。

此生切复乐，忘却身后名。

千秋万岁后，谁知荣辱情。

有酒须尽欢，欢多少苦痛。

放歌天地间，放浪大化中。

过　客

一生三万六千天，莫论是非与长短。

万物之旅皆过客，何不坦然度华年。

庄公梦

常做庄公梦，梦里有种种。
偶借东风起，扶摇上天庭。
三万六千天，天天楼阁亭。
常饮桂花酒，丹在玉壶中。
饮酒且为乐，玉笛歌声平。
嫦娥乐伴舞，玉童放歌声。
闲去仙桃园，吃桃想悟空。
悟空今何在，转而思庄公。
庄公琅然笑，梦在梦里醒。

黄河赞

万里黄河辞昆仑，一泻千里触龙门。
纵横九省卷黄沙，狂野咆哮有诗文。
大禹今在犹称赞，兴云致雨播宇寰。
九弯灌溉田亿顷，浸润华夏几千年。
入海造田方为乐，神来之笔有谁言。

昆仑落日

莽莽雪山一昆仑，绵延玉龙托金轮。

群仙常伴雪莲醉，一任七彩呈祥云。

峨眉山观雪

峨眉雪景多奇绝，红光触处银光和。

紫气东来升旭日，晨钟荡漾向天歌。

峨眉秀色

云海连日月，峨眉秀色呈。

旭日紫气来，红光洒金顶。

七彩虹霞晚，斑斓余辉中。

峨眉天上挂，辰星伴月明。

金顶笼银色，缥缈幻影峰。

晨钟暮鼓响，音韵自心生。

仙人多聚此，祥和颂太平。

泰山颂

汶水之滨济水南，巍巍峨峨一泰山。

孔子登临天下小，五岳之尊自当然。

千瞻万仰载史册，苍翠挺拔秀青天。

冬夜思

萧萧寒意上西楼，雪花不请窗上留。

天寒更长难入眠，为何神州悲与愁？

惊　梦

何处高楼响笛声，斜阳透窗好梦惊。

梦中疫情已平复，烟火人间处处情。

歌舞升平人欢畅，寒去春来又东风。

东风浩荡卷尘埃，万物景然亦澄清。

访　友

自从入山林，与兰相为邻。

内心自清静，读书弄诗文。

闲来访香兰，问兰几岁人。

香兰嫣然笑，斜阳已西沉。

日月四时转，不知多少晨。

看长江流水而感叹

晨睹横沙入海口，红光满天大江流。

晚视山脉唐古拉，七彩云霞映神州。

一日千里东流去，人生何能无尽头。

你我旅途一看客，何为虚名挂齿忧。

名利二字阁楼放，闲暇呼朋亦唤友。

但且置酒三千坛，一饮天地醉方休。

晨起看梅

夜里听雪晓看梅，笼雪红墙寂无人。

惊闻鹊叫三声响，梅香深处远红尘。

佑苍生

天寒夜深月华清，泰岱玉顶寂无声。

银河斗转九千曲，大殿红墙疏斜影。

愿折花红三千枝，献与元君佑苍生。

天下苍生得安泰，叩拜谢恩玉皇顶。

写 诗

一心只想写好诗，费尽脑汁用新词。
为何没有神之笔，只因下笔太自恃。

国泰民安

登高山河望，百姓何所忙？
人人心焦虑，个个自恐慌。
皆因疫情劫，酸痛悲且伤。
浩然东风借，尽扫魅魍魉。
一切复平安，国泰民安康。

近 邻

旭日照高林，雪寒寂无人。
鹊惊绕三匝，梅香有近邻。

感 悟

人生寄一世，万化自在心。
本无红尘染，何须枉劳神。

忘 岁

童心盼新岁，去年今已非。
北斗有时移，光阴亦轮回。
抛却无为事，物新人忘岁。

道

道在日常中，日用分不清。
油盐酱醋柴，贵在应用精。
吃喝拉撒睡，亦之有神通。
如解此中意，妙趣大无穷。
健康在领悟，细节有大用。

回　望

岁首回望数陈年，悲从心出泪不干。
友人相见问阳否，一语报来慰平安。

性　真

人贵有童心，言语自情深。
若无真性情，何能脱俗文。

乐在天地间

天地有大美，人生亦自然。
春日赏百花，秋天望月圆。
夏时山阴处，冬来雪中天。
四时有万象，象象皆妙然。
识得机缘处，乐在天地间。

不自恃

君子不自恃，胸中怀若谷。
平和温尔雅，洁身当如玉。

梦

人生醉是一场梦，三万六千各不同。

时时当为梦蝶乐，翩翩蝶舞至永恒。

贾　岛

骑驴吟咏一句诗，偶得佳句自言语。

反复推敲心自慰，回首长歌泪如雨。

贫困潦倒无显贵，一驴一琴终抱虚。

安时处顺

四时交替皆自然，日月之行无始端。
安时处顺是大道，人生无处不颜欢。

释　然

为何心不安，只因不释然。
纠缠无由头，自我多执念，
狭隘皆有因，迷眼看人寰。
天地之浩浩，理所当坦然。
放下无用事，悠然度华年。

当今鲁侯

鲁侯喜神鸟，庙堂九丈高。

酒肉佳肴与，九韶伴耳好。

三天鸟归西，心痛自伤朝。

当今多鲁侯，意已养养鸟，

常把自己想，强与别人要。

焉知是与非，常人叹世道。

本　真

人生幻化若浮云，万化根源在于心。

洗尽铅华消尽想，心纯方能归本真。

明镜台

心若明镜台，游心自复来。
一切皆唯美，满眼尽花开。

中国哲学

百家各行道，道家独享名。
道行之而成，一成天下明。
大化流行处，万物得一生。
哲学之鼻祖，老子创始宗。

复归自然

晨起，几株茶花，满地落红而感。

花落复归根，无需叹悲吟。

返然是大道，来日更精神。

自　真

性情本自真，托宿人之心。

以游逍遥墟，食于苟简林。

无处不自在，采真游乎神。

留　香

蜂舞百花间，花心探究然。
采蜜自留香，人间到宇寰。

寄　语

一语天然万古新，历尽沧桑方显真。
中华医学之大道，大医精诚大精神。
佑护中华五千年，传道救治在乎心。

上篇　古体诗

游于山水间

疏林廊落旷野平，溪水泛流岸草亭。

奇峰陡峭异石立，小舟野渡横笛声。

虚 怀

心若无偏爱，大美自性来。

万物与我一，空谷自虚怀。

游　心

仰天大笑出城门，大林丘山为我邻。
与物为春心自悦，万物皆一游于心。

八乡九寨

千回百转入梦境，八乡九寨踏歌声。
嫦娥已是座上客，万千仙女待客迎。

晨　醒

破晓闻鸟鸣，词婉曲有情。

唱得朝阳出，只为唤晨醒。

小　年

腊月又小年，家中礼灶台。

数九问香梅，春已途中来。

客居山中

经年为何事，永居大山中。

山中树高耸，斜阳疏林影，

小溪清且浅，溪流放歌声。

锄田扶桑麻，种豆垄上行。

常饮山泉水，心清意更明。

家中有香兰，兰香幽且清。

常与香兰语，日落又东升。

识得山中趣，尽享世间情。

孟夫子

我爱孟浩然，心隐鹿门山。

效法庞德公，崇尚古之贤。

襄阳多名士，当有孟浩然。

静卧松云里，坐观垂钓闲。

悠然心自得，采摘山林间。

朝饮丹霞露，暮栖碧海烟。

酩酊不去京，饮乐不仕官。

诗人不为诗，古今之浩然。

玉兔呈祥

虎归山林带疫走，玉兔呈祥平安久。

张灯结彩迎玉兔，欢天喜地醉神州。

回　望

岁首回望数陈年，悲自心出泪不干。

鬼神哭泣山河泪，亿万苍生度劫难。

中华医道有妙用，感人至深写万言。

神农复出显奇妙，仲景医方贵灵验。

大医精诚之大道，祛除瘟疫送平安。

如若人人懂中医，岂能如此之局面。

家有瑰宝不复用，愧对祖宗无一言。

期盼中医进课堂，娃娃学起是关键。

归我本源之正道，复得平安万万年。

翁童夜话

枯草秋风瑟，山苍独夜亭。

星高银河远，溪水映月明。

偶闻人语响，翁童喜笑声。

因　缘

生在天地间，常与人往还。

各自有东西，情思自万千。

学识因差别，意念有近远。

不须同一律，人人有箴言。

常听别人语，胜过自己言。

感怀曾相知，各自渡因缘。

井底之蛙

天地有大美，为何我不言。

我自识天下，坐井观尽天。

井里有自在，方寸之尺间。

腾挪八般艺，何须出井沿。

学 农

当随春风走，满眼自锦绣。

山川披新装，村村有花柳。

早莺树上啼，燕儿舞不休。

阡陌新绿多，耕田垄上走。

农人常往来，向翁学农修。

新手初上路，田翁乐且悠。

乐我手脚乱，笑我无厘头。

手忙足自舞，老翁何不优。

不觉夕阳下，邀翁家里留。

做菜慰田翁，举杯更进酒。

忆起耕田事，一笑醉方休。

除　夕

岁除通家好，老乐少欢笑。

乐了方举杯，欢喜有鞭炮。

张灯又新彩，红烛光高照。

新词谱新曲，词婉曲高调。

一曲送虎走，玉兔来报到。

举家同欢庆，兔年吉星照。

静待花开

玉兔已至春不晚，静待花开自安然。

笑看天下许多事，一任春风报平安。

新　岁

虎归山林玉兔临，庭院聊赠数枝梅。

冬去春来又添岁，福寿双星照高门。

送虎迎兔

今日寅虎日，明朝卯兔年。

古今都辞岁，岁岁不同言。

除岁今别昔，送虎去山巅。

乾坤气象和，吉祥安泰年。

心满意足

人勤春早写新曲，万千村寨杨柳苏。
施肥灌溉禾苗壮，农家心满意自足。

早莺新语

梅香犹存杨柳春，早莺啼歌语调新。
唱出山河簇锦绣，万象更新有乾坤。

象和四时

碧海千山秀，桃红万家春。

莺啼燕儿舞，旭日照高林。

人间呈万象，象和四时韵。

北斗适移转，星空有时辰。

新年气象大，玉兔始宏运。

迎　春

春回大地万象新，千村万寨喜迎春。

春酒飘香迎贵客，岂知贵客已登门。

夜　深

天寒身自知，身单谁添衣？

野月照庭院，星稀垂天际。

遥想去年景，有人送暖衣。

喜迎春

玉兔呈祥卯年到，花信传梅万家好。

千村万寨有花柳，莺语新词啼声早。

六和气象满乾坤，欢歌笑语迎春到。

于成龙

年方五十赴罗城，艰难困苦玉汝成。
一生清廉只为民，廉吏第一于成龙。

农　家

闲读诗书慢煮茶，信步山涧弄云霞。
适时耕耘余粮足，山前清溪有人家。

文　道

澎湃恢宏自诗文，奔放旷达师古人。

天地悠远之宏阔，穷古至今道犹深。

一阳初始

四时转换古复今，花开花落时有因。

一阳初始万象更，千古至今道法真。

随　笔

遇见春深处，浮云恋半山。
空谷幽兰香，星稀人不还。

梅雨天

江南梅雨天，雨水时如川。
绿叶挂玉珠，最怕风来看。

感 悟

日从东方起，月向西边行。

万物皆此理，阴阳二字生。

人若悟得道，逍遥泰然行。

端午有感

艾草菖蒲别样青，樱桃桑葚分外红。

东风昨日瘟神送，端午时节烟火浓。

新儿童

六十一甲子，又圆儿童梦。
开始写趣闻，描绘新人生。

"六一"有感

昨是儿童今是翁，人间岁月各不同。
儿时懵懂想长大，大了又想返孩童。

初夏一景

兴起步竹林，时有鸟语闻。

花香千般好，吟诗等友人。

初夏又景

晨起竹径外，蔷薇数枝开。

又见蝶儿舞，恰似画中来。

无 题

嬉戏燕子何时归，人间四月斗芳菲。

一年好景尽心赏，莫负人生好光阴。

无 题

晚春草木长，窗外巧梳妆。

有鸟多驻足，嬉戏皆复常。

耕种已完结，闲来读书忙，

偶有客来访，茅舍有茶香。

酒醇人不醉，江山论兴亡。

上下五千年，方知梦一场。

与君同饮

尔借东风力，送君一壶酒。

人生不待我，大江向东流。

当饮且需饮，亦喜亦有忧。

一切平常事，不论春和秋。

醉卧李树下，梦同庄周游。

友人山水间

有朋几日闲，坐望云水涧。

晨起听溪曲，暮色看霞晚。

偶去采桑子，徘徊不复前。

醉卧桑树下，与椹结尘缘。

酒醒人长啸，相视已无言。

游子吟

今有游子意，茫茫人海行。
山水我为邻，孤莺独自鸣。
晨曦饮丹露，暮色浴晚风。
故人今犹在，烛光弄清影。

归田园居

吾从土中来，性本爱田园。
一念尘世中，往去有时限。
牛羊恋旧宅，农人思良田。
锄地南山野，守拙桃李边。
种满豆和谷，秋天庆丰年。
茅舍筑灶台，炉火映霞晚。
茶香好待客，酒醇飘村远。
浓浓烟火味，芬芳四月天。

无　题

莫愁湖里有莫明，青山映在湖心亭。

绿树摇曳水潋滟，道是无情却有情。

飘　香

巷深梅飘香，幽静安然放。

青竹做近邻，喜鹊常来往。

身在陋巷里，羞涩生人访。

只为香故里，不图虚名扬。

寻梅迎春

（一）

大雪山寂静，信步深山行。

不知梅居处，怎能把春迎。

（二）

鹅毛悠来去，东湖泛舟行。

红梅开口笑，春已在途中。

（三）

风雪撩人面，空谷少人行。

曲径通幽处，红梅立雪中。

雪天泛舟

大雪山寂静，泛舟湖中行。

湖山成一色，乐在天地中。

雪中茶梅

丽质天生数茶梅，盛开时节雪纷飞。

白色蟒袍遮不住，桃红映出更娇美。

问　莲

采舟烟波里，莲荷独自幽。
近前若想问，客家为何游。

秋

庭前闲折桂，信步见斜阳。
枫叶红衬绿，徐徐秋风凉。

迎春来

谁家蜡梅朵朵开，送别冬雪迎春来。

春风荡涤瘟疫去，万户千家走上街。

庭院观鸟

闲时庭院看斜阳，幼鸟几只嬉戏忙。

偶尔觅得一粒食，悦耳空鸣此曲长。

山居画卷

山村入画里，溪水清澈明。
鱼儿游且乐，野鸭水里行。
村前槐树下，童儿伴老翁。
袅袅炊烟起，又见晚霞红。

随　笔

美人夕阳下，笑见木棉花。
苇穗轻摇曳，湖水映晚霞。

雨后茶梅

茶梅梳妆一夜雨，花叶舒展吐玉珠。
金色皇冠头上戴，二八姑娘待嫁女。

冬雪夜

漫天飞雪时，茅亭把酒暖。
远山一枝梅，笑在天地间。

雨后有感

青山新雨后，霞晚映九州。
倦鸟暮归来，戎马何时休。

四月有感

嬉戏燕子何时归，人间四月斗芳菲。
一年好景尽心赏，莫负人生好时光。

元夕夜话

元夕夜，月华清。玉兔捣药三更钟。

嬉戏男女欢未尽，烟花飞渡上月宫。

红灯笼，儿女情，嫦娥梦里思羿生。

欲寻人间烟火气，相隔九霄几万重。

问 春

大地初醒芽萌动，小溪破冰细无声。

又是一年春好处，寻芳探溪问春风。

何处不春风

春来时留景，纤纤嫩芽萌。

高林杨柳绿，庭轩曲径通。

门前迎新客，桃花李花红。

燕子双飞去，何处不春风。

写　春

春光明媚写春言，一篇一篇思华年。

咏絮才高谢家女，阳春白雪宋玉传。

人面桃花崔护写，春风化雨管孟联。

万紫千红朱熹论，流水落花叹江山。

此景只待成追忆，山河一梦几千年。

春　光

红梅青竹入画屏，小溪流水放歌声。

春光欲来还羞涩，东风劲吹送一程。

咏　春

杨柳轻拂弄春柔，门前小溪水自流。

新竹已成堂前客，桃花不请独上楼。

燕子绕梁自来去，风吹纸鸢飞九州。

元夕君与我

千古元宵夜，古今都闹月。

万人猜谜语，灯红花摇曳。

去年观月人，今夕复何在？

天涯有时日，相思随日月。

明月照新人，逆旅行中客。

但复同举杯，海内君与我。

喜　讯

三年疫情多劫难，今日春风捷报传。

欣闻瘟疫九霄去，喜泣而歌举杯欢。

元宵趵突泉游园

元夕月笼花千树，趵突蒸腾华不注。

一池春水荡秀波，仙境何不在此处。

喜　讯

今日忽闻疫不传，满眼涕泪语无言。

三年疫霾今朝散，四方一派自安然。

锣鼓齐鸣声震天，神州万象尽欢颜。

疫去人乐笑脸出，六时吉祥开新篇。

寻 春

人间春色何处寻，巷里巷外多绿荫。
芳草碧绿自春色，早莺啼语唱新春。
一唱桃红迎春笑，红墙院内俏佳人。
佳人秋千轻摇荡，嫣然一笑天外音。
行人慢步细思量，一片春心恋佳人。

奇 景

明月照天山，银光映雪莲。
素装扮奇景，神仙难得见。

泉城风光

明湖波光映日月，佛山峰影渡风烟。

趵突蒸腾华不注，雪楼屹立无忧泉。

九女轻弹琵琶曲，珍珠玛瑙一线牵。

柳絮飞雪卧牛处，漱玉散水溪亭边。

杜康马跑登州路，满井白石天镜观。

七十二泉明月夜，多少红尘都随烟。

雨荷岁月乾隆记，垂柳秋冬老舍言。

古城今日更万象，百泉喷涌展新颜。

其乐融融

桃花李花两厢开，燕子不请自飞来。

去年东家知燕语，今春报喜筑高台。

小燕呢喃谱新曲，绕梁三日似天籁。

万物和谐且共生，其乐融融春世界。

赏 月

小院赏月独自饮，微风轻抚酒中人。
河水奏曲轻流去，水映明月照我心。

煮 酒

三国刘氏今犹在，不知曹公是何人！
煮酒闲论英雄事，饮者又添周郎君。

司马迁

历史之父司马迁，子长宫刑心不甘。

忍辱负重中书令，血写史书几万言。

上至远古之黄帝，下到汉武太初间。

通古达今文笔洒，历史长河有三千。

有名史家之绝唱，无韵离骚耀世篇。

二十四史冠之首，光同日月照宇寰。

中医传承之赞中医

中医传承古至今，苍生大医数星辰。

彪炳史册人称颂，万世敬仰情至深。

大医精诚有大爱，颂我中华之精神。

不为良相便为医，救死扶伤道义存。

岐黄之术谈内经，脉学介导扁鹊论。

外科之祖是华佗，医圣仲景伤寒诊。

预防医学葛洪创，药王思邈方千金。

儿科创建字仲阳，法医宋慈法自真。

药圣时珍本草目，董奉春暖成杏林。

悬壶济世治百病，再世华佗妙回春。

扁鹊卢医贵神奇，虎守杏林有爱心。

金元四家多奇妙，传承创新有新文。

星辰闪耀佑中华，造福苍生历代人。

弘扬中医道任重，我辈岂能不勤奋。

从我做起不为晚，点滴之处见精神。

谈汉"独尊儒术"之患

罢黜百家儒术尊，一花独放百花损。

平等交流被扼杀，唯心思想多有闻。

神学迷信充堂上，三纲五常专制心。

科技发展停脚步，文景之治不复存。

大汉帝国埋后患，天下大乱三国分。

读　书

客已渐辞人未老，闲来读书需趁早。

春秋秦汉杂书语，方知少时读书少。

忆王安石

（一）

安石人生气象大，两次拜相图变法。

境界宏阔志高远，风神远韵文笔洒。

不畏浮云遮望眼，变法图强兴中华。

退居江宁怜犹在，改革精神成佳话。

（二）

宋朝朋党之争之害，误国害民，今忆之仍觉朋党之争的危害之大。

安石变法兴社稷，司马固守为国忧。

变法宗旨主开源，不变之章说节流。

变与不变公堂论，两家辩言各千秋。

攻其一点无他顾，置于死地方可休。

朋党相残伤朝野，一派得势百官愁。

变本加厉死里整，狼烟四起无尽头。

误国害民毁大业，隐患埋于党争后。

积贫积弱实难返，旧愁未去添新愁。

百姓期盼轻税赋，田间地头少担忧。

且愿安石司马谈，是非功过一杯酒。

放下成见显本色，忘掉自我有春秋。

历史不能再重来，人生岂可从新走。

往事一笑随风去，淡然一笑自风流。

成语说宋朝

不是根据事情发生的先后顺序而写。

宋朝三百十九年，黄袍加身一步天。

陈桥兵变赵匡胤，回师开封皇宫殿。

杯释兵权重文臣，重文轻武难固边。

从此埋下边疆患，金辽西夏常发难。

寇准主战力单薄，苟安求和人多言。

议和送物求安定，赔款过后也难安。

奸臣当道害忠良，杨家男儿命归天。

太君凛然亲挂帅，杨门女将赴边关。

宋朝选才唯科举，名落孙山自汉颜。

宋词华美佳天下，文化繁荣追唐汉。

熟能生巧油翁语，司马砸缸佳话传。

安石变法难推行，积贫积弱状空前。

人浮于事作为少，额痕为断判沉案。

小妹三难秦官人，东窗事发命关天。

精忠报国有大义，满江红里说江山。

被逼无奈梁山上，梁山好汉捅破天。

历史故事今又读，琅然一笑都随烟。

辛弃疾

雄才大略越千年，美芹十论有遗篇。

孤胆除凶传千古，长缨在手气冲天。

铁板铜琶辛弃疾，黄钟大吕惊词坛。

铁马冰河八万里，醉里吴音相媚看。

挑灯看剑吹号角，酿成千顷稻花田。

志在君王天下事，愿得身后美名传。

一生存有报国志，生不逢时自感叹。

最怜辛君中宵舞，到死亦忧是江山。

千佛山春色

云淡风轻千佛山，梅香飘处径幽远。

白云移向山涧处，晚霞洒尽丛林间。

老舍曾言秋色好，我说春光撩人眼。

座上宾

有芽美味是香椿，三叶两芽最诱人。

轻采新枝拌豆腐，青白不染两色分。

如若能有一壶酒，放翁定是座上宾。

春　韭

天生丽质自极品，翡翠羊脂集一身。

一刀切下香满屋，甘辛之味诱煞人。

主人春韭待客好，回味无穷犹至今。

枇　杷

慢弹枇杷轻奏曲，黄袍加身不同俗。

挑剔勾拂脱黄袍，金丸鲜嫩水欲出。

如若初见常相食，润肺健脾心情舒。

樱　桃

初春白花开，繁英霜入怀。

一枝数十颖，璎珠红墙外。

粒粒玛瑙红，闪闪轻摇摆。

惟忧莺啄残，呼童乘露采。

不除樱上露，直入口中来。

梅　香

推窗近看天边月，开门又见树上星。
月光如练盈池满，梅花羞涩送香风。

大明湖畔

天巧玲珑玉芙蓉，白色仙子湖中亭。
荷叶罗裙成一色，不见人来闻歌声。

济南情思

佛山城南卧，明湖布北城。

趵突城中注，华山孤自清。

清照写风月，夏荷雨中情。

弃疾铜琶曲，千泉合奏鸣。

春说柳故事，柳垂荷妆容。

此地一为别，万里孤单行。

思乡情真切，文笔叙思情。

桃花园

幔亭峰影桃花园，暖风轻拂花枝展。

林间溪水东流去，醉美水中二月天。

桃花源

风清鸟鸣春意闲，桃花清溪水中看。
偶觅山中桃源路，自是人间不同天。

桃源深处

朦胧烟雨暗山林，隐屏仙掌无游人。
闲来巧入源深处，陶公今在叹犹深。

溪亭春晚

风轻柳岸溪边亭，临水插花为谁容。
闲来依亭看桃花，山寺钟鸣晚霞红。

春　暖

溪流清澈绕碧湾，垂柳桃红岸上闲。
浪花飞溅白石出，鱼儿水中说春暖。

钟南问道

春深人意闲，约友上南山。

南山钟灵秀，鸟鸣山水涧。

山上有仙人，琴心三叠观。

遥见彩云里，手把芙蓉拈。

仙家道骨风，自然享天年。

步步都幻妙，处处不同天。

溪清洗我心，石镜映我面。

清心自在我，虚静有青天。

返璞归大本，一切自安然。

春　分

二月三十天气新，细雨一夜情至深。

浮尘已随流水去，万紫千红春已分。

海　棠

邻人有花是海棠，叶翠花红正高扬。
欲想敲门近前观，又怕主人家事忙。

春　雨

玻璃窗外挂花红，珍珠欲滴花从容。
红白两色遥相映，夜雨洗尘唤东风。

无　题

山前茅屋两三间，桃李花开溪水畔。
闲来煮酒和陶诗，放翁有知也感叹。

初美人樱

枝上一夜翠珠展，细雨缠绵情满天。
初美人樱芳容绽，千树粉红花娇艳。
游人近前面上观，花瓣羞涩欢笑脸。

桂　花

东风托雨施甘露，紫铜桂冠枝头塑。
来日紫铜变翡翠，满庭桂花香如故。

海　瑞

四朝为官孤竹清，刚正不阿傲山峰。
心如比干千言谏，买棺殉道归于龙。
生前身后无余物，只留青天百姓情。

月下情

月明星稀空山静，桃花有意绽颜容。

花间有客无人识，去年今日人不同。

至　道

悦心有妙用，往事过太空。

莫论眼前事，一切拥光明。

闲来一卷书，冥坐心空静。

至道精神悦，如如当此生。

追思先贤

清风明月人意闲，夜色幽悄春渐暖。

馆笛悠扬声悦耳，月满西楼花满园。

追思先贤张居正，怆悼辍朝史无前。

中兴名臣为国粹，驾鹤西去隐龙潭。

尸骨未寒故宅残，封门日久肃立冠。

古来帝王无信义，良臣何必抛心甘。

何不南山田三亩，任公沧海数云烟。

耕　读

闲来唐诗诵，静听宋词声。

偶闻春秋语，内心自丰盈。

文章有千秋，警醒大人生。

从今潜心学，耕读人清静。

成语故事说大明

　　朱元璋小时孤贫落魄，小人物成了大明开国皇帝。成语小人得志从此而来。

　　　　成语故事说元璋，小人得志登殿堂。

　　　　号召天下八方令，马氏秀英有主张。

　　　　白头偕老笑笑生，初露马脚京城扬。

　　　　宴会群臣四菜汤，一清二白有文章。

　　　　徐达龙床表忠心，星火成炬说继光。

　　　　油煎臭腐元璋创，至今盛名民间响。

　　　　金玉其外败其中，刘基买柑诗书长。

　　　　清风两袖朝天去，于谦功名日月光。

　　　　穆王成人之为美，一丝不苟静斋方。

　　　　出将入相能文武，为官四朝居寒房。

　　　　龙场悟道心尤明，心学自此光万丈。

　　　　张冠李戴岂天意，物归原主是正章。

　　　　奉天靖难灭文帝，永乐天下新气象。

　　　　诏文不写诛十族，孝孺十门都遭殃。

　　　　郑和六次西洋下，传播文明至远洋。

　　　　永乐大典修成篇，盛世永乐书辉煌。

　　　　海瑞罢官也买肉，万民齐赞成空巷。

居正大权主裁决，万历新政改革场。

一条鞭法改赋税，财政收入明增长。

不用巴前算后想，条律清晰执行畅。

呕心沥血为社稷，以古鉴今后遭殃。

历朝党争多危害，明朝尤甚不夸张。

东林书院东林党，阉党忠贤害忠良。

东林阉党权利争，朝廷之事多荒唐。

纵观历史几千年，毁于党争民不祥。

经典故事说大明，挂一漏万君体谅。

客官看后一笑之，一笑尺寸有短长。

颂先贤

　　诸子百家是中华文化集大成者，开天辟地，光耀万古。今学之更觉是群星之北斗，五岳之泰山。博大精深，声震寰宇。学之仰之，学之崇之。

中华思想风云涌，激荡万古春雷惊。

明贤哲思耀寰宇，诸子思想北斗拱。

老子哲学之鼻祖，道德经里说分明。

天之木铎名孔丘，大成至圣先师成。

墨子兼爱惠天下，科学鼻祖有功名。

庄子南华真经论，囊括百氏无人称。

孟子正气之浩然，人性之初善先行。

稷下学宫说荀子，朴素唯物集大成。

法家韩非法治国，法不阿贵律条中。

兵法圣典出孙子，兵学鼻祖兵至圣。

谋圣谷子经阴符，旷世奇书奥妙生。

管子华夏第一相，九合诸侯天下拥。

诸子思想博远大，细学慢品需用功。

偶尔体悟一丁点，自当欢喜拜神明。

读诗有感

金樽十千李白酒，广厦千万杜甫愁。

悠然自得东坡月，元稹沧海行云走。

柳永旧梦成往事，王维相思说红豆。

贾岛骑驴池边树，岑参龙钟泪自流。

商隐驱车古原道，王勃风烟五津口。

李贺玉龙为君死，杨炯铁骑龙城走。

之问近乡情更怯，浩然鹿门羡鱼悠。

杜牧秋霞一枝新，孟郊春风花看够。

宾王壮士发冲冠，宗元孤舟雪笼头。

九龄海上生明月，之涣更上一层楼。

禹锡观里桃花树，子昂天地情悠悠。

高适前路有知己，韩愈八千赴潮州。

王绩树树皆秋色，照邻塞门横绝漠。

居易江南梦不醒，昌龄大漠慨人生。

弃疾挑灯看长剑，清照独上兰舟行。

最喜放翁一壶酒，世外桃源崇陶公。

自　语

镜中难藏老，虚名不当食。
人生大自在，饮酒和唐诗。
得失不须计，多乐老来迟。
忘却天下事，尽看芙蓉池。

分水岭

中华之强弱，宋时经纬分。
丧失蓬勃气，丢掉大精神。
生机活力无，诸事多沉沦。
思想多禁锢，礼教桎梏人。
泱泱大中华，苦难自此深。

英雄神仙

紫柏山下有仙灵，庙里拐竹深鞠躬。
拐竹犹拜帝王师，英雄神仙自神勇。

再说张良

千古谋士话张良，博浪沙锥刺秦王。
运筹帷幄胜千里，足智多谋有华章。
复韩建汉立功名，功成身退隐山上。
紫柏山下宏大道，帝王之师名远扬。
英雄神仙第一人，俊美相貌字子房。

说萧何

开国首功第一候，拜相九律规章修。

治国安邦思社稷，萧规曹随续春秋。

沛县起义父老书，辅佐刘邦一路走。

留守治理大后方，将士前方无饷忧。

萧何月下追韩信，千年佳话自风流。

成也萧何败也何，一心只分主公愁。

安抚百姓受尊崇，刘邦疑虑自此有。

自污名节消疑云，换得子孙成王侯。

闲说韩信

汉初三杰说韩信，兵权谋家天下闻。

汉中对策谋略定，金坛拜将称其神。

百战百胜成神帅，国士无双第一人。

曾忍胯下之大辱，一饭千金漂母恩。

闲谈无事真性情，多多益善种祸根。

封侯常被帝王疑，错杀钟离不为仁。

蒯通劝其分天下，岂可乡利无下文。

敌国已破谋士亡，一语中的出自心。

失足被擒人惋惜，萧何再不追韩信。

有梦人不醒

有雨东方来，万物润化开。

初春天犹寒，误入琼阁台。

偶然遇故人，喜极自开怀。

畅饮人酣醉，梦到瑶池界。

仙翁纶羽扇，仙女舞徘徊。

长梦人不醒，一梦千年外。

忆赤壁

大江东去自不回，三国故事说赤壁。

黄盖被仗入曹营，铜雀宫里锁春闺。

浩然东风周郎便，诸葛借箭烧曹魏。

故国往事多豪杰，枭雄曹操空洒泪。

一战成名定三国，无情江月又记谁。

瓜　州

独自西去玉门关，瓜州晋昌数风烟。

多少故事随流水，绿草万里黄沙掩。

羌笛劲吹杨柳曲，芳草连连竞接天。

春风又绿瓜州境，今非昔比不同言。

咏曲靖

曲靖是天成的自然大公园，称天下第一，有感而发。

独步南境说曲靖，卓尔不群天下闻。

错落有致峰林阁，大海草山烟雨云。

罗平油菜黄金地，念湖思君不见人。

金鸡峰丛迎早日，三省鸡鸣喜报晨。

多依河水涵日月，娜姑古镇风烟尘。

会泽城古风景致。古敢水族迎客宾。

天成曲靖大公园，闻名遐迩写奇文。

山中悟道

雨后步古道，山清草木深。

小溪清流处，花香有语闻。

茅舍三两间，抚琴弄弦音。

风景此俱佳，山中悟道人。

春风细雨

春风尽剪千树叶，细雨化润万物生。
今春更比昨春早，早莺暖树放歌声。

塞北风光

春风今度玉门关，塞北风光盛江南。
羌笛劲吹杨柳曲，梅花飘处是天山。

萤火虫

夜暗萤火明，耀耀若辰星。

两两相依偎，甘做指路灯。

春 色

桃花开欲燃，李花遮半山。

隔溪遥相望，溪中花满天。

春 色

紫铜樽杯桂枝新，翡翠桃红樱美人。

五彩斑斓香樟叶，海棠轻摇粉红心。

王阳明

生而不凡瑞云楼，龙场悟道地贵州。

知行合一知中行，行中新知妙用有。

良知天理开新学，阳明学说卓千秋。

除旧开新第一人，一轮明月照九州。

美人樱

翡翠罗裙桃红心，鹅红万千满园春。

偶有一枝出墙外，不知美樱为何人。

荷塘月色

枯枝犹存新荷满，垂柳戏荷立岸边。

荷叶轻摇东风起，荷下水中月儿闲。

相 见

翠鸟有情唤梦醒，桃李临水自柔情。
垂柳榆钱相依偎，疑似久别故人逢。

客 居

客居柳岸山水间，夜静春深人意闲。
推窗欲看天上月，却道水中月正圆。

乡 野

春到深处人不懒,万株野花开满山。
半山深处酒旗风,只鸡酒醇人忘年。

山 居

樱花几处云中看,烟雨朦胧暗山涧。
客居深山兰相知,不知今夕是何年。

清　明

（一）

雨细天暮心欲折，楚汉两分一界河。

先贤归隐桃源处，插花折柳新人多。

（二）

夜深心沉五更钟，遥思过往梦不成。

二月细雨天垂泪，滋润万物更清明。

（三）

细雨连连杨柳青，叶嫩翠绿自柔情。

桃李无言风中舞，落花有意伴先灵。

春　笋

（一）

烟雨有情锁春山，金衣白玉一夜间。
满坡三寸牛犊角，美味入口人忘言。

（二）

篱东竹林悠且闲，春雨数日人不见。
东风劲吹天放晴，晨起笋高三尺三。

（三）

闲来枕书听雨眠，白鹭呼朋看苍烟。
岸上青竹有诗意，满地春笋破土欢。

烟雨新安江

新安江上烟雨蒙，宛若仙女藏宫中。
幻影千变难识面，一叶扁舟江中行。

富春江

山河无恙江月明，锦船慢行听箫声。
九曲银河水中落，江天一处共此生。

千岛湖夜色

月光如练水满天，千岛清幽笛声远。

昨日明月照古城，今日古城明月间。

泛舟湖上

星稀人寂静，舟孤湖上行。

西山静观远，湖水映月明。

耳无车马喧，心有诗歌涌。

夜半蛙声悦，钟楼钟鼓鸣。

友人兴举杯，把酒且临风。

人生当如此，纵论大化中。

梅　雨

又到梅雨天，雨水时如川。

杨梅含玉珠，榴花开欲燃。

楼台水中影，炊烟雾相连。

偶有凉风起，吹出一片天。

人性善恶

人之初，人性无善无恶本自天然。

人性本天然，何来善恶谈。

婴儿初啼落，心自纯于天。

善恶后天为，岂能在先天。

孟母三迁址，迁址为哪般。

此中有深意，不用多费言。

读书偶感

读今人的书中，常有书者猜古人，是道还是儒有感而写。

偶读今人书，常猜古人言。

洋洋万言洒，读者雾里看。

是道还是儒，论者各抒见。

个理自陈述，来往不间断。

儒道本奇绝，万古智慧灿。

两者妙言多，光辉几千年。

何须争论谁，都是祖宗篇。

古文今用好，故在有新言，

契合新时代，奏响不朽篇。

随　想

对酒当歌，人生几何！

欣欣然然，安度日月。

不问曹氏，莫言诸葛。

与物为春，游心自若。

见时举杯，别后亦乐。

平平淡淡，寂然洒脱。

访　友

蓝天白云红绿青黄，山涧茅舍叠影斜阳。

友人品茗纵论今古，红袖磨香挥毫四方。

农人炊烟牧童归乡，意犹未尽星光初上。

茅舍言雪

天暮云低欲雪，寒鸦入林归窝。

茅舍三间炉火，坐等琼枝玉叶。

天上玉笛谁吹，何时梨花散落。

觅　影

风吹叶摇三千曲，宛若玉女吟新词。

樱枝摇曳千般色，正是初冬方好时。

红中黄，黄中橙，橙黄橘绿一叶呈。

如有青绿枝头挂，只道身在旅途行。

霞光叠影常光顾，色彩斑斓情万种。

月明风清银光洒，更显多彩少女风。

只叹一夜西风起，叶飞色空难觅影。

自嘲写诗

本是世间一俗人，偶想高堂风雅韵。

闲书读了两尺半，大字常记一箩篮。

闲来无事把诗写，东凑几语西两言。

南来北往互不搭，写上一首自登天。

客官看后方莫笑，大概是我想当然。

樱叶人生

几片樱叶，风中摇曳。

千言万语，倾情叙说。

春秋淡然，冬夏自若。

经历风雨，不畏寒热。

人生百年，百年人生。

且行且乐，洒脱从容。

真　情

天寒地冻，山河无声。

小寒已至，大寒渐行。

节气陡变，遐思人生。

顽童变老，眨眼之功。

老小顽童，性情不同。

人生之旅，步履匆匆。

唯有真情，相伴相拥。

岁月回首，释然深情。

明心见性，一路风景。

万象皆荣

四时更替，万物滋生。

一切唯美，静默运行。

自然之功，孕育生成。

乐哉天然，万象皆荣。

清静世界

当今社会，纷争不断。

各执一词，纷然淆乱。

偏于一隅，固执己见。

自以为是，拘泥片面。

相互指责，鼓睛暴眼。

时而欣喜，时而嗟叹。

有时惊惧，有时愤懑。

故步自封，麻木以惯。

何时休止，不辩无言。

清静世界，复返自然。

处顺安然

日月星辰，山河灿灿。

春风秋月，夏秀冬闲。

赏心悦目，游心自然。

欣欣然乐，世间桃源。

天地大美，美而不言。

四时明法，法而不谈。

万物成理，理所当然。

自然万象，象象机缘。

安时处顺，处顺安然。

自　嘲

（一）

枉费学校两年功，财经知识没学明。

半生银行糊涂干，改行农桑也不行。

深耕细作难深入，施肥灌溉务农情。

人生一世只为乐，且学且乐度平生。

（二）

我读诗书陋汉唐，半路改行为农桑。

耕田种地没几亩，老酒一壶陪在旁。

大字只识一斗半，醉意朦胧做诗忙。

偶尔写得一两句，不自量力喜若狂。

（三）

想成诗者自艰难，三天一句写不完。

少时只读《水浒传》，今欲用之方知晚。

世人都羡杜甫诗，不知杜甫用功艰。

弄文作诗度日月，诗海茫茫只为闲。

（四）

想做人间一长客，怎奈神仙也无辙。

今朝有酒今朝醉，一壶老酒一段歌。

醉卧陌上看夕阳，风光无限当自乐。

劝君放下身外事，洒脱一点过生活。

落　花

　　满地的落花似是红地毯，而树上依然有很多鲜艳的红色茶花正在开放，树上和树下相怜相惜。有感之而写。

满地花红簇锦绣，落红常为树上忧。

树上怜花落地早，相视一笑语不休。

开落本是平常事，何须在乎春与秋。

仲　夏

仲夏季，晨贪睡，有梦人不醒。

风入轩，微见凉，梦中闻花香。

披肩起，轻开窗，日到三竿上。

镜里花

（一）

当看镜里花，容颜正潇洒。

少时有芳华，岁长能披甲。

（二）

人生是旅者，步步都幻化。

对镜自坦然，一笑变化大。

（三）

休叹容颜留不住，何须费思去留它。

莫道岁长不看镜，看镜方能更潇洒。

山村美

秋风无意山河秀，
清溪涓流有春秋。
一支笔，一行囊。
一梧桐，一村庄。
笑满路，情满筐。
山村印在童画上。

江　雪

天暮沉，乱舞雪。
千里江波笼雾色。
钓者不知天色晚，
老酒一壶看江雪。

小村之夜

天净月华，老树寒鸦。

一点青绿，几户人家。

问

把酒问东风，谁与我同行？且行，且行，行至幽谷看兰影。

把酒问东风，谁与我同醉？且醉，且醉，醉到深处不复醒。

把酒问东风，谁与我共鸣？且鸣，且鸣，鸣彻山涧有回声。

邀月赏花思友人

（一）

一笑了闲愁，临风且把酒。

花前静沉思，好花如故友。

（二）

花前举杯邀月明，赏花问月自柔情。

淡淡花香添雅韵，琅然一笑杯复空。

明月花间故人影，且问东风几回行。

晨景如画

鸟私语，花绽放，初阳高林上。

通幽处，抬眼望，蝶儿飞舞忙。

信步走，近端详，蔷薇花正香。

寻梅遇友

皓月银雪两相和，天净山空万顷波。

一老一少山涧行，踏雪寻梅遇知者。

寻到岩寒梅开处，梅笑点头迎访客。

八目相视嫣然笑，乐，乐，乐，乐。

高　估

看清自己很简单？说着容易实际难。

如若诸君都不信，何妨照镜仔细看。

半斤八两称一称，准确衡量有点难。

时常自己高价估，其中我就是一员。

家 乡

我的家乡在桥上，有山有水有牌坊。

牌坊是我祖宗建，建得庄重有名堂。

祖宗原是正二品，不知何因回了乡。

牌坊建在最高处，十里八乡都仰望。

牌坊前面有座桥，一举命名为桥上。

山水乡间多美丽，民风淳朴有赞扬。

邻里之间互照料，有事大家都帮忙。

出门不用上门锁，告诉邻里最妥当。

左邻右舍常往来，阴天下雨聊家常。

聊了东来又聊西，不知不觉年岁长。

家的西边有条河，河水清清波荡漾。

儿童嬉戏在河涧，两岸树荫遮阴凉。

牛羊坡上慢悠悠，吃得彪肥体又壮。

林荫道上见书本，读书学习好儿郎。

偶有乡亲岸上聚，河岸成了说书场。

水浒三国西游记，乐得大家喜气洋。

村庄南面是库山，库山枣树最风光。

结的枣儿酸又甜，又细又长又漂亮。

枣的名字不一般，长枣冠名响当当。

儿童结伴山上去，摘着枣儿把歌唱。

不知不觉时间短，夕阳晚照泛霞光。

急急忙忙回家去，空空柴木心里慌。

回到家中天色晚，不声不响凑桌上。

晚饭之后人不见，跑南跑北捉迷藏。

月儿高高天上挂，村静夜深入梦乡。

一梦醒来几十载，小村如今大变样。

无法寻回儿时乐，人人都在追风尚。

中篇 词

满庭芳·迎新抒怀

今昔别昔，春满人间，千家万户团圆。张灯结彩，烛光照庭轩。迎新醉是人欢，好年景，玉兔新颜。辞旧岁，送虎归山，四时安然。

天地气象和，锦绣山川，生机万千。新春始，人和顺家康安。大江南北欢歌，谱新曲，词婉舒展。满庭芳，一曲唱响，回荡天地间。

苏幕遮·观云亭山有感

云亭山，银杏地，金色如波，波上起涟漪。斜阳入水绘五色，芦苇有情，游在画卷里。

心悠闲，追往昔，如梭岁月逝水去。应谨记，惜时日，活泼洒脱有真意。

天净沙·秋

　　窗外银杏尽落，绣出满院金黄，谁解此意同。光阴荏苒，忙里偷闲人生。

长相思·秋游

　　天悠悠，水悠悠。水天一色无尽头。渔歌下晚舟。
　　山悠悠，路悠悠。行者无疆走九州。尽观山河秀。

捣练子·一叶知秋

　　一叶黄，一叶红，红黄两色各纷呈，若有霞光常驻足，尽染丛林秋正浓。

一剪梅·送秋

　　山林尽染枫叶红。信马由缰，客走山中。白云有情自飘来。南行鸿雁，问候声声。

　　秋色浓时径自去。轻叹几声，秋已辞行。此景只待成追忆。只期来时，与秋融融。

蝶恋花·友人

　　雨声清脆悦入耳。柳丝悠然，风光入眼帘。春来大地与春好，莫待春归去寻找。

　　人生千载岁静好。珍惜时日，乾坤乐逍遥。天阔地广友人醉，至味清欢品自高。

如梦令·望星空

　　今夜星辰依旧，兴起眺望北斗，独自坐西楼，小酌几杯老酒。知否，知否，却道北斗如旧。

定风波·秋日抒怀

　　莫问世间嘈杂声，何不通幽曲径行。吟诗唱和且为乐，兴起，随心自若写秋冬。

　　色染丛林秋意浓，傍晚，斜阳晚照鹊相迎。红衣童子斟酒满，举杯，沧海一笑度余生。

醉花阴·望月

　　秋到山村夜空灵。叠影梧桐树，篱落月色中。溪水望月，水与月共融。

　　世间万物皆有情。月明透吾心，水清洗尘生。月我两忘，看残星微明。

踏莎行·村景

秋入山村，物我萧然。淡烟飘出百般景，丹枫映红十里山，银杏黄叶千万点。

斜阳晚照，霞光满天。一轮红日上山巅。少年常与老者遇。忘年，乐乎天地间。

清平乐·老槐树

风清云走，陌上草悠悠。醉里常做山前客，斜看晚霞好个秋。

东篱菊花初黄，溪西枝头果红。最爱村前老槐树，安然自若人生。

阮郎归·赏梅

枯枝残荷西风冷，池塘无钓翁。树高天低将欲雪，寒鸦老梧桐。

淡烟起时炉火旺，茶香有琴声。酌酒一杯观飞雪，梅藏雪花中。

南乡子·登高有感

登高望九州，山河尽染满目秀。人生常有无奈事。何忧！似水流年已远走。

山高来路远，前路浮尘有春秋。看淡世间许多事。坦然！围炉品茶论诗酒。

念奴娇·秋雨有感

秋雨过后天渐寒。洗尽浮尘，枝瘦叶减。三两红叶枝头挂，风中相呼更缠绵。

秋辞大地叶归根。千秋万古，亦复自然。此时不叙别离苦，更待踏雪寻梅天。

定风波·人生随想

世间声音多纷呈，来源无序且静听。是非因由亦难辨，不论，祖宗卷里取真经。

闲来读书人自醒，静处，书中悟道有人生。常忆过往许多事，归去，是对是错说谁听。

临江仙·念秋感言

秋门一别数三日。天寒凉念秋时。坦然一笑冬做客，寻梅去踏雪，踏雪亦复乐。

自古人生一旅者。尝尽世间百味，看惯了花开花落。百岁人生路，且行且洒脱。

木兰花慢·忘年

想初入学府，心若喜，自豪言。算四十三年，两年艰辛，学期届满。各自东西别离，前程茫茫路漫漫。他日若相逢，举杯叙别言欢。

忘年。童心人不老，且回童孩般。心有童趣事，亦是童年。莫问容颜，心里了无闲事，比童乐，笑声到天边。

一剪梅·惋秋

晚霞斜照入西楼。红衣素女，抚琴叹秋。今秋一去路行远，崎岖山路，此甚担忧。

秋去春来有时日。季节往复，无止无休。若是识得此中道，珍爱余生，洒脱从容。

殿前欢·仙翁

登高处，雾花幻影乱人眼。风吹云心九州散。细看江山，绚丽风光无限。归去若何！驾鹤腾云端。一壶老酒，一把羽扇。

折桂令·无他

　　看落日万缕红霞，丹枫林晚，倦鸟归家。山中茅舍，添香煮茶，兰花清雅。人畅然无忧无挂，心安处四海为家。良辰美景，开怀畅饮，自若无他。

捣练子·江上行

　　夕阳下，酒已酣。半醉半醒看画船。惊闻船工号子响，才知身已在客船。

捣练子·放风筝

春日里，醉眼朦。两三小童放风筝，风吹风筝树上绕，鹊惊声声吓小童。

沉醉东风·邀月

赏红叶山涧清流，品茶香红童玉手。树高鹊弄影，月清星稀瘦。是非功过一夜间，都随长江东流走。何不邀月小酌酒。

采桑子·童画世界

　　轻轻模样悠然来，琼花初开。装扮山河，银装素裹妖娆分外。

　　红衣少年慢堆雪，梅自笑来。玉花翻飞，绣疏影童画世界。

蝶恋花·咏梅雪难

　　雪花纷飞梅初绽。千古梅雪，咏者千千万。天寒手懒无笔砚，愁坐炉边心空转。

　　提笔容易落时难。新词旧语，难书三句半。何不走到梅雪边，且听雪梅如何言。

菩萨蛮·枫叶赞

枫叶四季色纷呈，红绿青黄亦有橙。春芽绿波漾，青翠夏时装。秋浓黄金色，橙色浅中黄。游人恋红色，初冬遥相望。

满江红·踏雪寻梅正当时

琼花轻慢，乱人眼，洒向人间。想当年，英姿勃发，豪气九天。踏破山河无路远，只探正道在人间。犹记得，走马春风满，写新言。

雪狂舞，天渐寒，寻梅者，正当年。对佳肴美酒，当尽其欢。饮三碗，踏雪寻梅去，乐无边。

卜算子·红梅迎春

碧云清溪边，红梅自悠然，漫天飞雪为我舞，群芳妒无言。
喜鹊枝头转，写春正当然。散尽花香迎春到，正气满人间。

贺新郎·学陶翁有感

挥手自此去，东篱赏菊作山翁，其乐融融。眼角眉梢都
是笑，东风随我同行。小童左右言欢喜，梧桐树下数辰星，
遥望北斗众星悦。童自乐，翁忘行。

晨曦读书池塘边，喜鹊声连连，心自悠然。童儿报知有
客访，自去弄茶香燃。忙里忙外手脚乱，竟忘炉火煮陈年。
静坐一笑问老友。未相见，已数年。

天净沙·读李清照生涯有感

易安居士居不安，胡人掠华侵河山。一代词人飘零去，再无新词。人间清照照宇寰。

一萼红·春游蓬莱访八仙

蓬莱幽。春暖寒还羞，细雨人正愁。连连数日，雾笼仙都。仙人何处求？凭栏处，尽看琼楼。仙人榜，八仙名上有。左是洞宾、钟离，右有采和、湘子，果老骑驴走，拐李、仙姑随后头。

谁知八仙今何在？往事悠悠，梦回古瀛洲。一叶孤舟，波上游走。从走八仙路，踏浪看瀛洲。几处波涛激荡，安然无所忧。船靠岸，细看摇橹人，竟似神仙国舅。

如梦令·游湖趣文

　　偶想游湖一幕，夜深繁星无数。斗酒倾百杯，醉卧船深处。梦里，梦里，梦里常忆来路。

长相思·归鸿

　　山一程，水一程。山高水远路泥泞，心向何处行。
风一更，雨一更。风吹雨淋步急匆，何日有归鸿。

蝶恋花·春回大地

银装登台山河素。大雪飞处，喜鹊高林度。报得瑞雪兆丰年，雪笼九州照万户。

梅香犹存寒已去。十里春风，春满乾坤路。碧海烟波万山翠，山青水阔春已住。

蝶恋花·观天鹅有感

冬日深冬雪自舞。凭栏深处，天鹅飞无数，谁道冬日无景色，游人踏雪成天路。

终日寻雪雪不遇，不见雪来，哪识雪归处？斜阳晚照银如玉，彤红点点迎春去。

蝶恋花·随想

　　少年年少事不更，光阴二载，相顾意朦胧，只想算珠云龙舞，不羡月下儿女情。

　　秋日斜阳林间道，人生旅程，谁思与君行，四十一梦心自语，我言身在情深处。

蝶恋花·同学情深

　　同学情深深几许，三十五载，思念无重数。大众桥畔游冶处，新街不见旧时目。

　　岁月如歌三月路，人生长河，谁能留春住，金花十朵颜如玉，只叹落入客家去。

蝶恋花·咏李

啼鸟窗外唤梦醒。细雨一夜，李花开满庭。清静纯美不争色，雨后更见心晶莹。

酸甜李子好入口。仲夏时节，硕果枝头满。百鸟嬉戏爱驻足，悦耳词曲奏不停。

蝶恋花·雨中观茶梅

春雨有情似无情。雨打茶梅，满地落花红。盼得春雨润万物，茶梅可怜送雨中。

花红散落是使者。只待时日，茶梅更艳红。春雨年年人依旧，花开花落几多情。

长命女·秋日宴

秋日宴,一叶一花歌一遍,饮马上南山。

秋日宴,百草陌上色尽染,红黄橙青蓝。

秋日宴,茅舍酒醇友人晚,一醉醉成仙。

蝶恋花·再出发

大梦一回四十年。山下别情,相思两茫然。鬓角稀疏人未老,旅程途中扬帆好。

人生长河千古道。与君同行,相伴风景好。山高水长情未了,洒向人间都是笑。

蝶恋花·探春

　　雨润大地春来早。江天万里，风光无限好。只叹春来无觅处，春到河边不知晓。

　　万物皆知春色好，春又几回，住处有多少。探知春色住何处，山河大地尽妖娆。

蝶恋花·元夕

　　月华风清闲信步。灯笼花树，万人欢度。痴情男女约无数，最是抒情好去处。

　　淡月依稀云来去。月中嫦娥，捣药心自语。只叹吃丹变玉兔，身在月宫心返俗。

木兰花·新春寄语

莺啼新语,千村万寨歌欢愉。燕子双飞,杨柳飞絮如花雨。
且待春早,春酒迎春与春好。莫等春回,两鬓斑白人已老。

望江南·诗文品自高

忆过往,风雨坎坷道。登上高台回头望,万千气象弄新潮,
风急浪亦高。
知天命,杯满饮却少。万事过往云消散,崇文尚贤师古道,
诗文品自高。

汉宫春·春思

今日春来，梅花笑脸开，迎春自在。春风轻拂，拂出千姿百态。纤纤玉手，剪丝柳，舞动墙外。捧春酒，与春同醉，醉看春雨归来。

春雨润物无声，绿肥红花开，千村万寨。忙里偷闲看镜，思绪千载。古往今来，人未老，朱颜已改。细思量，难留朱颜，一笑花落花开。

一剪梅·好年景

百鸟朝凤迎晨晓，湖光山色，万象新潮。人勤春早四时新，春风徐来，细雨又飘。

馨湖山下稻粱肥，田家欢乐，春燕归早。又是一个好年景，村里村外，彩灯高照。

清平乐·忆东坡

东坡犹在，心潮自澎湃。春雷一声万象更，渔歌唱响南海。

天涯人声鼎沸，海角巨轮归来。历经沧桑巨变，东坡笑口常开。

点绛唇·忆东坡

独上西楼，追忆东坡思不休。客居儋州，与谁谈春秋。

为官三载，只为报国愁。自惆怅，两鬓斑白，空为君天忧。

清平乐·海南风光

有风自南,吹烟波浩渺。万里海疆春荡漾,海岛起舞欢唱。

千帆竞技飞渡,万人深潜探宝。海南弄潮今日,明天风光更好。

小重山·春意浓

喜鹊破晓三声鸣,且把晨梦惊。披衣起,竹径通幽徐行。问春光,何处春意浓?

过往多少事,最忆是年轻。志高远,春风得意弄潮涌。显本色,乾坤春意浓。

一剪梅·江南山村

春风劲吹江南岸。山村处处，绿肥红艳。修枝育苗且为乐。田埂陌上，笑脸言欢。

儿童嬉戏忙闹春。剪丝编柳，头戴花环。闲暇串巷春酒香，千家万户，喜乐无限。

清平乐·美图

登高望远，看锦绣河山。春潮滚滚江两岸，绿油油的稻田。

燕子自由来去，桃花梨花争艳。小溪淙淙流淌，一幅美图呈现。

清平乐·四时春色

岛在海南，四季花满园。绿肥红艳景色美，春光岛上尽欢。

芒果阵阵飘香，香蕉一串一串。椰水甘甜入口，硕果香人欢颜。

清平乐·天涯海角

天涯海角，古今都有言。曾闻天涯人沦落，海角处孤星闪。

今日天涯欢歌，海角灯光耀眼。此时天涯海角，胜似天上人间。

南歌子·忆徐霞客

微风轻拂柳，细雨湿衣衫。桃红柳绿山河秀，燕子自由来去房梁间。

最是春色美，踏春正当然。闲来日行八万里，写诗追忆霞客跋涉难。

蝶恋花·新燕新语迎春潮

桃花盛开杏花少，梨花开时，燕子归来早。思考构筑新蓝图，春日归来东家找。

小燕巢中报喜讯，呢喃新语，童儿欢天笑。新燕新言谱新曲，曲曲高调迎春潮。

卜算子·山中

山空人寂静，霞晚疏斜影。樵夫山中独往来，倦鸟归林中。

月下读闲书，鸟惊蝉亦鸣。清风徐来星辰远，已过三更钟。

中吕·何必执于功名

霸王白刎乌江岸，韩信追兵百万千，萧何计谋杀神帅。
生生死死，一念之间。何必执于功名前。

临江仙·思远人

　　醉后枕书入梦，梦里月色朦胧。常忆分别时一幕。相视却无言，挥手各西东。

　　记得去年春时，情投合意相融。举杯畅饮尽言欢。不为功名累，只存凡人情。

清平乐·东坡菜

　　东坡被贬，无奈赴海南。千里之遥儋州客，屈指为官三年。恪守为官之道，深入黎苗与汉。自创东坡名肴，招待乡里邻间。

摸鱼儿·心有真情人欢愉

世间事，欲说还住，世事谁能说清楚。你我都是过路客，途经多少寒暑。多欢乐，少痛苦。百年人生尽欢愉。心放宽处，信步人生路。耕耘有数，常把书来读。

名与利，都似浮云来去。唯人间真情永续，传诵千古万古。真情在，人欢愉。千言万语情深处。且须记，忘却虚名，抛弃名利，贵与真情语。

桂枝香·忆王安石变法

改革之难，难于上青天。神宗初年，犹叹万里江山。积贫积弱，豪绅地主阻发展。用安石，拜相变法，济世大愿，发展生产，整军固边。

实可叹，大旱之年，天不遂人愿。用人有误，新法执行有偏。太后哭诉，旧党群起而发难，司马上书说罪严。辞官江宁，怜悯忧叹，宏图难展。

蝶恋花·蓝莓

本草纲目，文有述。小枝绿色，花冠粉红簇。珍珠串串云中驻，固精养颜自不俗。

果中之王实归属。轻摇翡翠，尽在枝头舞。丹青国手难描写，阴阳参半山深处。

双调·数星星

离开了城市浮躁喧杂，索性来到半山一酒家。春韭香椿芽，焙酒慢煮茶。

醉意朦胧数辰星，数来数去还少三，却道三星在哪？

山坡羊·抒怀

　　无官身轻，钱少人闲。修身养性福自添，人生且颜欢。人世间，只不过吃穿住房两间。官钱只在浮云端。官，君莫羡。钱，君莫贪。

节节高·叙有情

　　春风柳岸，月满西山。馆笛悠扬，诗涌心弦。满庭芳，与君欢，歌一曲，情满天上人间。

绿幺遍·耕耘

耕耘一亩田，茅舍两三间。闲书四卷，写诗五篇，六七处竹，八九株兰。喜看西山霞渐晚。晨起，最爱旭日东山巅。

桂枝香·说"汉初三杰"之一张良

名门世家，五世拜韩相，张姓名良。英俊之妇人像。少读诗书，满腹经纶有华章。天不测，秦皇用兵，韩国涂亡。一心报国，锥刺始皇。

隐姓名，下邳圯上，神仙戏儿郎。授与素书，人生从此高昂。辅佐刘邦，运筹帷幄决千里，复韩建汉云一场。千古绝唱，逍遥留侯，紫柏山上。

御街行·兄弟情深

　　梅花飘落散香彻。苏堤静，月华清。孤山宝石湖心亭。三潭波光月明。去年今夜，对酒当歌，送君天涯行。

　　今日不知兄音讯。未提笔，泪已成。孤星残月思君醉，道不尽情深重。我心忧矣！今托明月，寄我一片情。

鹧鸪天·千岛湖春色

　　懒向千岛问春色，岛翠水澈柳相和。燕子呢喃说春语，鱼儿悠然水中乐。

　　草木新，莺声悦。桃李无言自迎客。游人相问春何在，笑指千岛湖水阔。

卜算子·迎春

瑞雪挂柏松，晨起喜鹊鸣。满山琼林复玉树，梅花香正浓。

迎新好年景，春来万象更。送寒春暖新芽出，一任东风凭。

寿阳春·兴起

雪笼梅，云笼月。兴起骑驴去踏雪。想去年梅花今若何！
此去寻梅情更切。

一阵风，一阵月。风吹云散雪映月。寻到去年梅花香处。
梅花雪月人相和。

天仙子·忆清照

读清照词，叹一代词人的不幸人生。

一声叹息一声悲，千次惋惜千行泪。易安飘零自此去。苦难重，人未回。一代词人随流水！

再无绿肥红瘦，永无漱玉几回。今人追忆成清照，追忆清照只叹悲。

下篇　现代诗

天　籁

秋日的黄昏，

宛若想象中的天堂，

硕大的太阳，

脸含微笑，

布洒余光。

昆仑山上红光闪亮，

格桑花随风高扬，

雪莲在一旁随声伴唱，

悠扬的歌曲在山谷回响。

万物齐鸣，

奏出了一曲大自然的合唱，

这就是理想中的奇妙乐章。

晚　霞

绚丽的晚霞，

挂在天边的上空，

它骄傲地告诉我们，

没有谁比它漂亮聪明，

因为谁也无法挂在天际，

谁也无法在天上悠闲畅行，

谁也不能把红霞播种。

可落日远去，

夜幕降临时，

再也寻不到晚霞的踪影，

只有天上挂满的繁星。

冬日暖阳

早晨的太阳，

把阳光轻柔地洒在窗纱上。

透过纱帘温暖着你的秀发和脸庞，

你身体散发出的淡淡香气随阳光荡漾，

你是否还在梦中，

梦着花朵芬芳，

梦着像蝴蝶一样在花丛中飞翔。

我亲爱的朋友。

起来吧！

美好的一天和阳光一样明亮，

带着阳光和芳香去抚平生活中的点滴忧伤。

昨天已远去，

新的一天等待你的出场，

重新演绎出美的乐章。

日复一日，

日落日出，

这就是生活原本的模样。

友谊颂

亲爱的朋友，

请你聆听。

几十年的欢歌笑语，

伴着我们走过了春夏秋冬。

经历了生活的磨炼，

友谊之树依然常青。

亲爱的朋友，

请你聆听。

忠诚和坦荡永在心中。

忠诚于彼此，

坦荡于心胸。

这是我们对友谊的尊崇。

亲爱的朋友，

请你聆听。

彼此体谅，

相互关爱，

是应该做好的事情。

互相体谅才不会磕碰，

真心关爱能温暖人生。

亲爱的朋友，
让我们珍爱这份友谊，
走出美好长远的人生。

心里话（一）

敞开我的心，

说几句心里话。

你爱的力量，

温暖我的凄凉，

抚慰我孤独的心房，

抹去了心中忧伤，

给我指明方向，

让我在前行中坚强。

敞开我的心，

说几句心里话。

你爱的力量，

再多给我一些何妨，

不要吝啬也别彷徨，

你的爱是我战胜困难的力量。

可是爱的力量，

只有靠自己索取，

它来自取之不尽的书上。

心里话（二）

敞开我的心，

说几句心里话。

你爱的力量。

是我欢乐的源泉，

涵养了精神，

增长了智慧，

伴我成长。

开心时书里寻友，

幸福时里面徜徉，

烦恼时书里消磨，

痛苦时寻找良方。

书中爱的力量，

无穷无尽，

用之不完。

永远伴我在路上。

伫立桥头（一）

雷声在不远处隆隆低吼，

风在耳边呜呜数声。

雨来啦！

雨洒在脸上，

洒在波涌的江中。

船只，渔人，暗灯，

在朦胧的夜色中游动，

还有为渔人劳作的鹰。

船舱里飘出忧伤的琴弦声，

声音在雨中回荡，

是谁在诉说人生！

又是诉给谁听？

茫茫然，

消失在夜雨中。

伫立桥头（二）

夕阳洒在江面上，

蓝天，白云，清江，

无限风光。

岸边梧桐悠然，

袅袅炊烟房上。

人来人往。

渔人江上忙，

鹰立船头上，

捕鱼归来早，

收获鱼满舱，

喜气洋洋。

船上弦声悠扬，

应是姑娘拂弦唱，

弦声，歌声，人声。

一部交响曲在空中盘旋回荡。

晚霞红光，

一幅美图初上。

我伫立桥头眺望。

夜　空

魔幻般的夜空令我神往。

太阳退出，

夜幕初降。

天上有几颗星星闪亮登场，

悠然自得，

等待同伴的亮相。

顷刻间星光闪耀，

银河众星流淌，

徜徉着演奏出万千乐章。

谜一般的幻影，

魔宫一样的阵方。

谁能如此这样！

我伫立在旷野上，

遥望着群星，

轻歌一曲，

夜空畅想。

以这样的方式为夜空歌唱。

晨曦的钟声

想想新农村，又觉得古时候的钟楼很有意思，就随意写了一首。

朝阳初升，

万物苏醒。

悠扬的钟声回荡在田野的上空。

青新的小草，

愉悦的鸟鸣。

鸡犬相闻，

炊烟升腾。

放牛的牧童，

编花篮的姑娘。

轰隆隆的播种机在田间播种。

山村一片沸腾。

和谐悠扬的交响曲在这里奏响。

这就是新农村的缩影。

只有在大地的怀抱才能绘出这幅美景。

晨曦里的钟声，

明天依然响彻在这田野的上空。

冬日里的江南风光

蔚蓝的天空，

白云恣意游荡，

阳光洒在大地上。

红红绿绿，

橙白青黄。

阡陌百样，

风姿芬芳。

枫叶迎风展，

芦苇飘絮常。

梧桐落叶送寒去，

喜鹊辗转小村上。

清江映蓝天，

白云水里藏。

如说是冬日，

恰似秋模样。

一叶小舟横江中，

懒洋洋地躺在江面上。

舟上红衣横笛吹，

一曲鸿雁悠扬。

蓝天，白云，清江。
小舟，红衣，曲扬。
红绿青黄陌上长。
神仙居住的地方。
这就是江南水乡。

晨 风

晨起，

旭日初升，

霞光越过山岗，

红光集结在山岗上。

漫步在山村的小道，

清心舒目，

万物欢畅。

徐徐的晨风走来，

轻轻地拂过脸庞。

像初次见面的姑娘，

有点羞怯，

但温柔大方。

善意的晨风，

你每天都走来，

抚摸着每一个晨起的脸庞。

给她温柔，

使她清醒。

带给她无限遐想，

让她每天都自由自在地徜徉。

谢谢你！

温柔的，

善意的晨风。

陪伴我走在这小道上。

促使我每天都在抒写着新生活的篇章。

看清楚自己

人像一面镜子，

照得见别人，

却照不到自己。

什么时候站在镜子前，

看清楚自己的样子，

辨认出自己。

我赞青山

我对青山语，

青山与我言。

人生当如向青山，

四时悠然。

春雨滋润，

绿芽正欢。

山花烂漫。

生机盎然，

夏日蕃秀，

百花争艳。

树高草茂，

竞相接天。

常有风吹雨骤。

风吹尘，

雨洗颜。

过后更颜欢。

青更青，蓝更蓝，

万物景然。

秋染晨霜艳，

果挂枝满，

色彩斑斓。

溪水清流，

幽谷香兰。

百鸟争鸣，

人流往返。

冬雪银装穿，

琼林玉树，

银光闪闪，

童话世界。

雪翁满山，

小童老叟，

寻梅当然。

四时都是风景，

我自赞青山。

青山点头笑，

相视都无言。

日月有晨夕，

明年复此见。

行路者

人生的路不长，

百年而已。

与历史长河相比，

几乎无印记。

行走在这百年路上，

如何才会富有诗意。

这是每个行者都要回答的问题。

做一回歌者，

唱出心中不朽的歌曲。

做一个诗人，

写出人生婉约凄美的诗句。

做一个智者，

思想人生，

给人生指明前行的道路。

准备好了吗，朋友？

让我们在行进的途中来回答这个有趣的问题。

前行，还是前行。

在行进中写出这优美的问句。

母亲节抒怀

今天，一个朴素的名称响彻天穹。

母亲！亿万人呼喊着您，

您是否听得清？

这声音在宇宙中回荡，

叙说着生命的永恒。

自有人类以来，

您延续了数不清的生命。

是您第一时间看到了生命的诞生，

是您用微笑把初生的婴儿唤醒，

是您用甘甜的乳汁哺育着孩童的生命，

还是您在长夜里安抚了成长的生灵。

亲爱的母亲这又怎能说得清，

历史的功劳簿上记着您的大名。

母亲啊！您写的乐章伟大而动听。

激励着一代代儿女砥砺前行。

母亲啊！儿女们记着您的恩情，

听着您写的乐章，

继续抒写着生命的里程。

看北斗星有感

月西人静，

独倚楼栏，

望无垠天空。

细斟北斗，

众星共拱，

乾坤唯我定。

方向已明，

不问风雨，

一路看风景。

人生长河，

坎坎坷坷，

都在故事中。

麦浪有感

我喜欢麦浪。

不仅是因为它有金色的光芒，

更是因为它伴着我成长。

在我童年的记忆里金色就是希望。

金黄色的麦浪又一次把我带到了童年的田野上，

麦浪里，田埂间。

我遥望着远方，

尽情地展开想象的翅膀。

畅想着随着麦浪游荡在这无边的海洋。

一叶小舟，

几个玩伴。

漫无边际，

随意走访。

听农人欢笑，

看瓜果飘香，

更想看远方的姑娘。

摘鲜红的果子，

和喜欢的人共度这美好时光。

愿这麦浪永远在大地上，

它总会给人以希望的力量。

拥抱第一缕阳光

在朦胧中送走了月亮，

诗一样的月亮又要去新的远方。

晨曦中迎来了太阳，

初升的朝阳又开始奉献给万物阳光。

人生有月色中的童话，

也有阳光里的茁壮。

我们是在童话里幻想，

在阳光下栽种了理想，

一天一天快乐成长。

亲爱的人啊！

快快去拥抱早晨的第一缕阳光，

让这阳光带给我们希望，

陪伴我们走在通往幸福的大道上。

引航星

今天下雨，伴着阵风。

雨中的天空少了那颗星，

我凭借着记忆努力寻找，

伫立良久，

仍然没有找到它的影踪。

可爱的星星你什么时候才能露出真容，

继续来指引航程。

我知道你是在等雨过天晴，

雨后你才会发光闪动。

再厚的云也会被风吹走。

天晴时你才会有美丽耀眼的风景。

我们之间才能真诚互动，

交流着两天没能相互问候的友情。

你依然是那样幽默地向我眨了眨眼睛。

我知道你是在叙述着内心的真情。

诗和远方

诗在哪里？

远方在哪里？

诗在远方，

远方还在远方。

这谜一样的远方吸引着我前往。

在雪山，在草原。

在森林，在大海。

在农人的田野里，

在牧童的短笛中。

是晨曦的一缕炊烟，

是落日的一抹霞光。

可我寻遍了整个世界也没能找到诗和远方。

天黑了，迷失了自我，

也迷失了前行的方向。

徘徊在这无垠的旷野上。

月亮升上来了，

它笑着说：诗在你心里，远方也在你心里。

我停下了脚步，

礼貌地望着月亮。

抹去了淡淡的忧伤，

露出了孩童般的欢畅。

诗和远方永远流淌在心的海洋。

有感于昨天雨今天晴

昨日阴今日晴，
阴晴皆在无常中。
阴有阴意，
阳有阳明。
独阴不长，
孤阳不生。
负阴抱阳才是道统，
阴阳平衡得大道，
万物皆在此理中。
读懂阴阳两个字，
众妙之门续永生。

梦醉间

梦一回，宛若仙境。

悠悠的琴声，

徐徐的春风。

轻轻的脚步，

仙女般的身影，

信步走来，

抚慰着我的心灵。

虽然短暂却意味无穷。

醉一场，宛如新生。

淡淡的红色涂在你微笑的面容。

媚眼间的笑意让我醉意更浓。

脸若桃红更似一盏灯，

照亮了我有趣的路程。

但愿梦不醒，酒长醉，

若梦若醉度人生。

读尼采有感

有一种痛是上天敲的警钟，

她告诉你如何才是最好的人生，

只有痛过才会活得轻松，

爱恨交融，悲喜共生。

爱和恨互为孪生，

悲和喜是双胞弟兄。

只有悲得彻底，

才会有喜的巅峰，

没有悲喜是人生的平庸，

所有这些都是不一样的旅程。

黎明的霞光已来临，

这霞光带着爱意走入尘世中。

只有经历过痛的人，

才理解爱的真诚。

启航吧朋友！

人海茫茫，

谁又值得爱？

谁又不曾痛？

痛是常态，

爱才是永恒。

悲是开场，

喜才是最终。

只有带着爱到自然中去追寻。

才能找到你要的风景，

但愿她带着爱意，

春风满面地拥抱着你的心灵。

这不是巧遇，也不是偶然，

是上天赐予你的新征程。

行走在自然中

百灵鸟把我从梦里唤醒，

新的一天在朝露中启程。

趁着早上柔和的阳光，

我要去做我喜欢的事情。

看过鸡舍，走近鸭棚。

和猪狗对话，再与牛羊相拥。

寥寥数语道出了世间友情。

亲爱的人啊！

要不要一起去陌上赏花看景。

沐浴朝霞，

行走在自然中。

红装素裹，与朝阳呼应。

不知是人间还是仙境。

天人合一，

自然和人生永恒。

这幅美丽的画卷永远印记在记忆中。

未来已来，

无须徘徊，准备好行囊，

快乐地融入未来世界。

不论未来如何，

坚定信心，

走出自己的风采。

锤炼了自我，

也走过了风霜时代。

坚定的信念使我们豪情满怀，

这就是对生命的真诚热爱。

幻想与现实

人说：现实的世界里幻想没有人生，
我说：没有幻想的世界却乏味无穷。
让现实和幻想结为永恒，
人生才能妙趣横生。
现实有了幻想的翅膀才能天马行空，
幻想有了现实的依托才会动力无穷。
梦在幻想里，
醉在现实中。
梦幻人生美，
醉意书真情。
醉梦之间有春秋，
几人能说清！

舞蹈人生

昨天的忧伤已远去，

今天的快乐业已启程。

窗外阳光灿烂，

鲜花盛开，

百鸟争鸣。

一幅美丽的画卷展示在自然中。

是时候唤醒梦中的亲人了，

一起去把自然拥入怀中。

听从内心的呼唤，

去感受这美丽风景。

表象无须透视，

内在才有动能。

千篇一律的事情永无止境，

只有大鹏展翅才能去想去的天空。

包袱沉重也要放下，

轻松舞蹈才是最好的人生。

问春有感

春天的花开得自然，

落得也随意。

不经意间，桃花红了，

李花白了，樱花开了……

纷纷装扮着春。

春意盎然，

春的味道十足，

这大概也有花出的一份力吧！

花红柳绿，

绿肥红瘦不是在说花吗？

一夜春雨过后，

花已走远，

春也到了尽头。

明年的春什么时候来？

花什么时候开？

我不知道。

只知道春走了，

且带着花一起走了。

走得自然，在一夜间。

季节轮回。

春去春来，

花开花落。

生命就在这花开花落之间。

人从来到走也会像花一样自然吗？

我想，只有让生命之花开得美好，

洒脱、优雅，

才不辜负这花开花落，

才行走得自然。

花　语

春天的早上，

风轻云淡，

下着柔柔的雨，

在院中漫步，

别有一分清雅。

院中两棵樱花开得正艳，

偶有几片花叶落在地上，

很少会引人驻足。

今天樱花和春雨有了约定。

春雨伴着樱花洋洋洒洒地飘着，

有优雅的，

有奔放的。

全然不顾，

只为了自由地飘。

不久院子里长满了樱花，

白猫也跑来凑热闹，

摇头摆尾地追逐着樱花，

白猫和花演了一部盛装大戏。

格外引人注目。

花雨在微风中演绎着，

我却忘记了早晨的一杯清茶。

山间闲话

春日暖阳，

几个好友，

沏一杯明前龙井，

坐在山涧的大石板上。

听空谷鸟鸣，

风凑百曲。

看山谷幽兰，

翠绿尽染。

问花开花落，

月缺月圆。

别样的清雅。

茶香从杯中溢出，

行走在山间小道上，

浸染了树木、花草。

分不清是茶香还是花香，

也不知是世间还是天堂。

天堂也好，世间也罢，

只要认真对待生活，

世间和天堂都是一般模样。

心中的花田

每个人心里都有自己的半亩花田。

宁静时才会修篱种菊，

种满自己的喜欢。

花开时满园春色，

鸟语花香只留在心间，

不与外人道，

独自享受内心的繁华。

只有遇到懂得的人，

才会分享内心的喜悦和感叹。

有花香的美好，

也有忙碌中的星星点点。

幸福和泪水各自呈现，

融化了冬雪，

春天依然灿烂。

唯愿春天永驻心间，

心中的花时刻开在心田。

远　方

春日的夜晚，

倚窗赏花，

望月怀友，

自是一份清雅。

花自然地开着，

好像是为了谁？

银色的月光下，

如出水芙蓉，

美得惊艳。

淡淡的花香从不远处飘来，

直抵心田。

花香不知是否飘过了高山大川？

流连在你的身边。

我知道你每天都在花海中度过，

满身的花香已是自然。

可今晚的花香一定能让你记忆久远。

独处者

在时间的守候里,

优秀的人善于独处,

不被世俗浸染。

学会了独处,

就明白了人生。

独处是一种境界,

是内心的情感整合。

一杯淡茶,清香中藏着优雅。

一本好书,阅尽世态万象。

静谧享受着——

自己的精神天堂。

在阳光穿透中享受阳光给予的快乐。

青春印记

清溪上，翠柳旁，燕子正梳妆。

青杏少，麦渐黄，莺儿穿梭忙。

忆青年，人年轻，相顾无相忘。

青少年，志高远，无言诉衷肠。

六十年，一甲子，青春又启航。

住茅亭，有佳处，青烟迎朝阳。

勤于耕，善于歌，一派新气象。

秋　景

石榴笑，

橘渐黄，

秋风轻轻扬。

收稻谷，粮满仓，

一派丰收景象。

羊儿欢，狗儿狂，

鸡同鸭歌唱。

老人乐、童嬉戏，

天堂一般模样。

随　想

手握五弦，

思绪清扬，

弹一首我创作的晨曲，

飘向她想去的远方，

不知你是否听出曲中的乐章？

有感麦浪

月高鹊枝弄影，
风清树上鸟鸣。
金色麦浪好年头，
欢歌笑语人生。
二八少女几个，
四五少年随行。
嬉戏不知天色晚，
村前不见影踪。

休变电脑

人有一大脑，每天很活跃。

过去亦独立，现在变乖巧。

装满信息量，全是火车道。

纵横几万里，世界全装到。

讲起问题来，处处都知晓。

细听君之言，真学实才少。

独立之见解，影踪难觅到。

轮为他人舌，当枪传谬道。

人言我亦言，害人不得了。

现今之自我，独立很重要。

如若不思考，当真变电脑。

童　趣

晨睡醒，轻推窗。

小童早起捡叶忙。

红叶橙，橙叶黄。

细分颜色数数量，

换来换去难确认，

饥肠辘辘一上午。

阿黄一旁总添乱，

急坏童儿忙叫娘。

喜了爹，笑了娘，

一阵风吹复如常。

平安千年

风清气正，星辰满天。

半山深处，茅舍几间。

一盏灯，照人间。

奋笔疾书写诗篇。

记下瘟疫虐中华，

写上千万感人篇。

且送瘟神自此去，

九霄之外永不返。

旭日升，霞满天，

天佑中华谱新篇。

医道智慧切须记，

贵在平时日常间。

男女老幼精神旺，

一任平安几千年。

迎 春

瑞雪挂柏松，

晨起喜鹊鸣。

满山琼林复玉树，

梅花香正浓。

迎新好年景，

春来万象更。

送寒春暖新芽出，

一任东风凭。

雪景情思

　　窗外的雪不停地下着，雪花漫无目标地飘，好像是在寻找自己的落脚处，你看有的落在了松叶上，有的落在了桃花的花蕊上，还有的随便落在了桃李间，更随意的是落在河水里，顷刻之间化作流水，随河流而下，流向自己喜欢的远方。再看看落在松叶的雪花，似翡翠，静莹剔透，美极了。落在桃花上的雪，白里透红，无比的妖娆，桃红在这一刻更加耀眼，熠熠生辉。落在桃李间，无声无息地就融入了大地，滋润着桃李。从雪的归宿我明白了，不管落在什么地方，它都能够发出光和热。